三民叢刊 276

浮世星空新故鄉

——臺灣文學傳播議題析論

向陽 著

三民書局 印行

自序

向陽

《浮世星空新故鄉》這本書收錄近五年來我所撰評論共二十三篇，其中有長論、有短評，都環繞在當代臺灣文學的傳播議題之上；具體的範疇，則如本書分卷所示，集中於三個主題：一是紙本媒介（報紙副刊、雜誌、書籍）的傳播取徑觀察、二是網路媒介的傳播功能析解、三是臺灣文學的傳播趨勢探討——總的來看，這三個主題，與近五年來當代臺灣文學所面臨的傳播困境都有相當關聯。紙本媒介遭逢的問題是，文學已經不再是閱讀市場中的主流，無論報紙副刊、文學雜誌與書籍出版，呈現的是新生讀者流失、舊日風華難再的窘狀，而讓整個文學社群有文學已死的感慨與喟歎；新起的網路媒介看似可提供文學傳播更加寬闊的空間，突破舊有紙本媒介的限制與霸權，但在文學社群仍無力駕馭網路，而商業體系則已快速掌控此一資訊公路的現狀下，同樣難以暢快驅馳；

至於臺灣文學的總體傳播趨勢，更因紙本媒介傳播力量衰頹、網路媒介接近使用能力障礙，而處於前景難明的困境，加上在本土化與全球化之間如何定位的爭擾不休，其可見趨勢也陷於低迷狀態。

這些都是臺灣文學界近五年來感到關心、並且為之焦慮的共同議題，這些議題與文學書寫無關，而與文學如何善用媒介強而有力地傳播文學訊息給社會、以深化文學對社會的影響、強化社會對文學的反應有關。對一個文學創作者來說，他的首要任務是寫出好的作品，是否暢銷、是否傳世，可以置之度外，無罣無礙；但是對文學社群而言，文學傳播媒介之弱化、傳播功能之不彰，卻可能帶來文學社群和整個社會對話空間的緊縮、互動的匱乏，連帶導致文學與社會關係的脫鉤。作家的作品，如果缺少讀者的閱讀，將只是少數菁英的雕蟲之技，書寫的意義勢必渙散無徵，這不僅是文學社群必須面對的課題，也是每一個文學創作者應該關心的議題。書寫，無法也不能脫離讀者／社會的閱讀和回饋而單獨存在。文學傳播的重要，就在於它關注媒介功能的發揮，著重如何激發讀者／社會的閱讀與回饋，來成就書寫之意義的完整。本書各篇所論，多少希望傳達這樣的想法與訊息。

因此，本書各篇論評的撰寫，雖有時間久暫、範疇大小、性質輕重之分，但主要採取議題導向，通過文學傳播議題的凸顯，探究、分析當前臺灣文學日漸被社會邊緣化的癥結所在，並提出我淺薄的對策與建議，藉供文學社群和讀者／社會的參考與討論。其中，又以網路媒介出現之後，文學與網路媒合的關係，更是近年來我涉身其間、觀之察之喜之憂之而又無可奈何之的研究領域。因為網路的出現，文學在媒合過程中當然會產生質變與量變：質變者，文本本質之變，紙本媒介的文學，文類清楚、規範嚴謹，遵循著一定的美學標準，但網路文本則超脫既有文本之外，因著網路媒介可以負載影像、圖畫、聲音和程式設計的特性，而自然（或不得不然）地產生異於紙本的多媒介表現形式，因此有學者以「超文本」稱之，這樣的文本，顯然已非傳統的文類所能概括，因而有「網路文學」或「數位文學」的新文類出現，它可能是詩，卻伴隨動畫而出，可能是小說，卻在彈指連結中介入圖像、詩、散文或其他藝術表現方式；量變者，文本形式之變，紙本媒介的文學書寫，居中必有守門人（副刊、雜誌、出版主編）負責選擇、淘汰，連帶的是權力的行使與典範的界定，因而文本的產製勢必遵循一套遊戲規則，出現在讀者之前的成品量稀而貴，從而足以建立一個具有貴族身分的「文人圈」，但網路一出，人人皆是守門人，可自行建置媒介，自行建立遊戲規則，網路文本的產製不再為文人圈所獨享，其量必多，而所謂「標準」（如文字的琢磨、文法的講究、修辭的妥適……等）因之遭到全面而徹底的衝擊，中心已去、規範不存，英雄或貴族在此一「大眾圈」中也就不值一文了。

從質變與量變來看當前的網路文學，可喜的是，文學書寫不再只是文人圈的禁臠、讀者不再只是單向接收的受播者，讀者是媒介的守門人，同時還是文本的原創者，這才是文學多元化、公眾化的理想國的境界；可憂的是，文學書寫畢竟具有專業的、美學的與意義的基本要求，正如同網路人人可用、但網路科技則仍有其專業的、能力的與科技的基本要求，如果文學書寫者在網路空間中缺乏或受限於網路技術，乃至因為網路商業化而被侷限於一隅，則文學的前景勢必黯淡、發展勢必萎縮——後者正是當前臺灣網路文學的病灶所在、問題所在。我在本書卷二〈網路飛越舊星空〉殷殷質問者在此。

當然，我也有可能過於悲觀，網路雖出，但紙本媒介仍在，也將繼續存在。麥克魯漢名言「媒介即訊息」，新媒介帶來新訊息，也帶來新內容，卻不必然表示舊訊息、舊內容的不在／不再。紙本媒介（書報雜誌）迄今仍為人們吸收閱讀資訊的主要來源，不因廣播、電視之出而逝去，面對網路亦復如此。本書卷一〈繽紛花編繪浮世〉所收對於報紙副刊、文學雜誌與讀書會的觀察，實則也可看出，七、八〇年代全盛時期的副刊影響力，雖然在報紙面對電子媒介的競爭、閱讀與廣告市場的分化而生萎縮的狀況下，而有弱化趨勢，並逐漸為第二副刊所取代，終究仍然存在，須考慮者，如何適應時代與媒介生態變化，調整副刊資訊內容而已；又如雜誌，即使像《文訊》如此苦撐，卻也已經逾兩百期，從日治時期至今的文學雜誌，縱使屢仆，依舊屢起，其中彰顯的文學社群努力撐持文學傳播重任的意義，自然也不宜小覷。從傳播的角度看，如何在傳播策略上強化與讀者的互動、組織讀者的力量、鼓勵讀者的參與，或許是文學社群與文學媒介可以著力的方向。

最後，本書卷三〈打造文學新故鄉〉收錄我對高行健來臺首場演講的回應，以及附錄我兩次專訪諾貝爾文學獎評審、瑞典學院院士馬悅然的對話，觸及的則是當前臺灣文學社群關心的全球化課題。從鄉土文學論戰之後，臺灣文學的本土化迄今仍在深耕中，但作為一個海洋國家，在全球化趨勢下，臺灣文學同樣必須面對整個國際社會逐漸消泯民族性、趨同於國際性的趨勢和考驗。文學書寫也面臨如何表現／反映本土特殊性，而又能表現／呈顯全球共通性的內容的考驗。我對高行健的演講內容有認同、有質疑，我在訪問馬悅然談諾貝爾獎的種種過程中，對此也都有所討論，希望可供關心臺灣文學發展的朋友參考。

這本書的篇章，並非有系統的學術論述，也不是在有計畫的寫作策略下完成，而是近五年來因為報紙副刊、文學刊物主編邀稿，或相關議題引發我的注意而寫就，因此必然存在著部分論述上的缺陷或不足——這五年來，我實際上花費主要的心血於博士學業與論文的撰寫，我的博士論文《意識形態‧媒介與權力：「自由中國」與五〇年代臺灣政治變遷之研究》，屬於政治傳播／新聞史領域，本書則是我從文學傳播向度所寫論評，算是博士研究學程的副產品，也可說是我在繁重的、乾枯的、苦悶的博士論文寫作過程中一道自娛的甜點——另一個副產品，則是兩年前由麥田出版社所出、以本名林淇瀁署之的學術論文《書寫與拼圖：臺灣文學傳播現象研究》，若讀者因本書而對文學傳播產生興趣，可找來一讀。

今年五月我終於結束九年苦熬，通過論文口試，取得學位。檢索電腦硬碟中的存稿，已可輯成一書，剛巧三民書局索稿，而得以付梓。此書算來，是我的第四本文學評論集，也是我在三民書局所出的第三本文學評論集。一九八五年，我的第一本評論集《康莊有待》由東大出版；一九九三年，第二本評論集《迎向眾聲》由三民出版；一九九六年，第三本評論集《喧嘩、吟哦與嘆息》則因詩友渡也之約交駱駝出版社；現在這本集子能再交給三民書局，以第一本計算，間隔十八年；以第二本計，也已十年過去。這是書寫者與出版者在漫長時光中存留的奇妙因緣，我必須感謝三民書局長久以來的抬愛。此外，我也要感謝小說家林黛嫚，本書的出版，緣於她的大力推介。

——二〇〇三年十二月十二日　南松山

浮世星空新故鄉

——臺灣文學傳播議題析論

目次

卷二　網路飛越舊星空

卷三　打造文學新故鄉

【卷一】

繽紛花編繪浮世

繽紛花編繪浮世

——報紙「第二副刊」的文學傳播取徑觀察

一、前言：副於「副」刊

在華文報業中，副刊是一種難以割捨的傳統，在臺灣，副刊甚至曾在七、八〇年代開創出報業史上璀璨的一頁，對於報紙媒介的文化形象和市場銷路都產生舉足輕重的影響。七〇年代末期，《中國時報》「人間副刊」和《聯合報》「聯合副刊」在「鄉土文學論戰」場域上的針鋒相對，以及其後因為報業市場競爭而起的捉對廝殺，還有兩報副刊在八〇年代之後與本土性副刊的相與鼎立，至今都仍為文化界所懷念與樂道。

曾經滄海，曾經掀起千堆雪的副刊時代，隨著一九八八年報禁解除之後新報的誕生、報紙張數與內容的無限擴充，以及報界之間愈趨激烈的短兵相接，逐漸失去了它在公共領域中彰顯的影響力，及其在文學傳播過程中扮演的決定性角色，逐步成為報紙最後一落不起眼的版面；到了九〇年代中期，甚至隨著報業市場的供需條件改變，出現三家晚報副刊（《自立》、《聯晚》、《中晚》）先後停刊的噩耗。副刊不再是報業市場角力的一個寵兒，甚至也不再是報業標榜文化格調的寧馨兒，在報紙廣告、發行收入逐步遞減、而編印與人事成本則急速竄升的失衡狀態下，稿費支出過高的副刊就成為報業壓低成本的主要對象。

然而，在讀者的需求和認知之上，廣義的「副刊」（舉凡非「正刊」的資訊內容）又深受喜愛，多數報紙自行進行的內部問卷調查也顯示，廣義「副刊」仍是讀者訂閱和購買報紙的主要動機來源。就經營現實層面而言，報業一方面必須緊縮開支，壓低編印成本，乃以廢刊或縮編狹義的「副刊」（以文學創作和文化議題為主要內容的版面）來因應；一方面又必須維持讀者市場、拓展發行，強化回應並照顧大眾讀者需求的「軟性」資訊需求，也成為新聞競爭之外的首要課題，於是擴充彩色版、加強影劇資訊提供，改變傳統狹義副刊的調性，以及另行開闢資訊內容相近、調性則較為接近讀者大眾趣味的「第二」副刊，遂成為報禁解除之後各大報紙不約而同的策略和手段。

於是，部分競爭力強的報紙，特別是《中國時報》與《聯合報》，開始根據市場需求，轉化早已有之的「家庭版」，增益其內容，轉化其調性，推出了趣味性強、可讀性高，而大眾近用性（接近與使用）大的「第二」副刊，名其版名為「繽紛」、「浮世繪」，果然受到大眾讀者的喜愛；其後力追兩報的《自由時報》繼起，也在「自由副刊」之外另設「花編」。從此，「第二」副刊成為報業據以吸引大眾讀者的版面，與原有的「第一」副刊一右一左，彷彿報紙軟性資訊版面的一對門神，各具特色，而又相得益彰，確立了九〇年代臺灣報業「雙副刊」的雛形與特質。

副刊，提供軟性資訊，相對於正刊的提供新聞和政經議題；「第二」副刊，則又提供大眾讀者喜愛、容易消化吸收、且具有趣味性的軟性資訊或創作，相對於「第一」副刊以菁英取向編選的嚴肅文學創作、高深文化議題和論述。如此相對關係，也說明了「雙副刊」功能上的各取所需和各盡所能。「第二」副刊的出現及其逐漸取代「第一」副刊在報業市場拓展上的功能，正在於它副（附）於「副刊」，降低了「第一」副刊的嚴肅性，代之以趣味性；祛除了「第一」副刊的菁英性，代之以大眾性；同時化解了「第一」副刊的典律性，代之以世俗性；最後則是它迴避了「第一」副刊閱讀上的枯燥性而強化了可讀性。趣味性、大眾性、世俗性和可讀性四者，正是「第二」副刊可以別立於「第一」副刊之外的特性，更使它在作為大眾傳播媒介的報紙工業中得以屹立不搖的基盤。

二、大眾・市場：「第二」副刊的導向與取徑

「第二」副刊之所以在報禁解除之後由報紙版面中突出，有其社會條件和媒介市場背景。就社會條件論，報禁解除，意味著思想言論的解放，禁忌不再、威權不再、典範不再，整個臺灣社會開始鬆綁之後舒活筋骨的新秩序的重組，民間和大眾久被壓抑的活力四處衝撞，嚴肅文學不再是大眾唯一的心靈解悶與調適工具，在百花齊放的資訊原野上，香花毒草都各具吸引力量，新奇事物以及隨著思想解放而來的新生議題，在大眾媒介的競爭之中迅速占據了人們的好奇與參與。這樣的社會條件，醞生了以滿足大眾對新生議題的好奇與參與為重的媒介環境。「第二」副刊的出現，正是此一社會條件下的產物。

其次，就媒介市場來看。報禁解除之前，媒介市場長期維持一個穩定的供需狀態，市場上既無自由競爭者加入，報業的市場競爭也遭到嚴格限制，各報憑藉自身的人才、經營和政治條件，在受限的政經結構中發展，連報紙張數、價格都受侷限，市場競爭並

不激烈。解禁後，政治力的束縛不再，於是各報展開激烈的市場爭奪，大肆擴張內容，藉以吸引大眾讀者的購閱，在這種慘烈競爭之下，軟性資訊內容乃就成為吸引讀者購閱的要件之一。原有的嚴肅副刊已難吸引大眾，更為軟性並能呼喚大眾讀者的「第二」副刊於是成為報業搶占媒介市場的利器。「第二」副刊以其符合大眾需求的特性異軍突起，乃是因為市場競爭加劇所促。

這也使得「第二」副刊在幾家市場競爭性強烈的報紙之上成為顯眼版面。分析其中的主要癥結，在於「第二」副刊，有別「第一」副刊，不以文化菁英或文壇名家作典範性的號召，而以構成媒介市場主流的大眾需求與品味為經，以鼓勵既是媒介讀者又是市場消費者的大眾讀者參與為緯，使用大眾的語言，建構大眾的認同，型塑大眾社會的圖像，而終能達到一如傳播學者馬奎爾 (D. McQuail) 所說的留意「大眾」消費需求的功能，以文化產品的形式在媒介市場中受到消費者喜愛，進而創造消費需求，完成媒介市場競爭的最大利益。

目前相對競爭中的三報，《聯合報》的「繽紛」版、《中國時報》的「浮世繪」版、《自由時報》的「花編副刊」都強烈展現出這種滿足大眾讀者資訊需求與文化參與的產品特質。在這三個「第二」副刊載具的主要內容中，具有趣味性、大眾性、世俗性和可讀性的資訊，構成了支撐整體內容的四根主要支柱，目的在於滿足大眾讀者的閱讀需求和寫作參與，同時也因為如此，回饋到消費行動中，使得報業在發行與廣告市場上獲得實質報償。

以二〇〇一年六月份三報「第二」副刊載具的內容為例。

《中國時報》的「浮世繪」版在版面形式上，以欄塊拼盤方式呈現，內容取向可以「生活的」、「新知的」和「土地的」加以括約。綜覽六月份的內容，大體上以專欄、徵文、報導、新知和大眾小說連載為主要骨架，而其中又以徵文為大宗。除了該版常設性的「浮世隨筆〇月徵文」之外，也闢有「不可不思議」、「生活雜記」、「大有名堂」（名字的由來）、「給你笑笑」、「三百六十一行」、「自然物語」、「難忘小故事」、「戀人絮語」、「我的哲學」、「心事獨白」、「閱讀世界鈔票」等欄目，徵集讀者投稿，這些欄目所輯內容，無非大眾常民生活中的聞見行思，既是生活趣事的書寫，也是心情故事的告白。至於名家專欄、插繪和攝影部分，也相當有意凸顯潮流、趣味、生活等與大眾接近的議題。

《自由時報》的「花編副刊」版在版面形式上，以圖像強化為重心，搭配欄塊拼盤呈現，每個欄塊都配以小刊頭；其內容與《中國時報》「浮世繪」相近，專欄名目眾多，欄名具新潮感、現代感，如「水藍色天空」、「私人驚悚片」、「心情搜尋引擎」、「Sorry 告解室」、「戀芬多精」等，不勝枚舉，內容主要是生活故事、心情告白，與「浮世繪」相近。兩版的差異，在於「花編副刊」以名家插繪撐出具有美感和現代感的版型，反映了大眾讀者圖像閱讀的潮流；而每逢週日，則以「花編小集」為名，文字橫排，強化圖像編輯和企劃編輯的編者導向。這些內容，反映了「生活的」、「現代的」和「新潮的」特質，並與「浮世繪」有所區隔。

《聯合報》的「繽紛」版在版面形式上，與「浮世繪」略近，都屬欄塊拼盤的傳統編法，內容取向大致與「浮世繪」、「花編副刊」相同，不離生活、心情故事的表述，稍有差異的是，「繽紛」更強調「輕、薄、短、小」，於是特具可讀性和趣味性的「語錄」（含笑話）所在皆有。六月份的語錄專欄就有「童言童語」、「Money 哲學」、「幽默一下」、「聽心說話」、「時人牙慧」、「金玉涼言」、「糗事一籮筐」、「拐彎抹字」、「今非昔比」、「虛驚一場」、「董事長說得巧」、「上班族加鹽錄」、「妙言妙語」、「世界真奇妙」等欄目，光看這些欄目名稱，可知內容取向偏重於趣味性，簡短、易記、有趣，成為「繽紛」與「浮世繪」、「花編副刊」之間的定位區隔。此外，在圖像使用上，異於「浮世繪」喜愛攝影、「花編副刊」偏好插繪，「繽紛」則獨鍾漫畫，也屬於趣味性的定性強調。

綜合而言，在媒介市場上激烈競爭下的三報「第二」副刊，它們的共同編輯取徑，是以滿足大眾讀者的閱讀需求和寫作參與，據以鼓勵讀者支持，強化其市場利潤為主。在這個大的目標之下，不同報紙固然因為不同的主編，在不同的經驗和品味詮釋過程中，展現了三報「第二」副刊的各自特色，但萬變不離其宗，用三報「第二」副刊的版名加以串聯，果真是名副其實的「繽紛花編繪浮世」。第一，它們都緊扣了與大眾讀者日常生活、心情有關的內容資訊；其次，它們都鼓勵並大量採用讀者投稿，凸顯多元開放和提供近用參與的媒介功能；最後，則是它們都緊抓主流大眾品味，以高度可讀性的題材和深具趣味性的編輯技巧吸引大眾讀者，創造市場價值。

由三報「第二」副刊的共同導向和傳播取徑，我們可以印證九〇年代之後臺灣報紙「第二」副刊的共同特質，厥在於趣味性、大眾性、世俗性和可讀性的掌握和強化。而此一特質，既使「第二」副刊有別於傳統的「第一」副刊，沖淡了受眾對傳統副刊著重文化議題、嚴肅創作與高門檻、嚴守門的印象，使副刊不再只是少數文化菁英壟斷的書寫場域；同時，更因為「第二」副刊普遍的、多議題的公開徵文，滿足了大眾讀者的參與，強化了大眾媒介與其受眾的互動關係。這是在爭取市場的商業功能之外，「第二」副刊對於大眾文化的提升和媒介論壇角色扮演所提供的正面貢獻，它們提供給大眾讀者參與並實踐、分享和使用大眾媒介公共文化資源的廣場。

三、結語：第二可能變第一

我曾在〈臺灣報紙副刊的文學傳播模式初探〉的論文中指出，戰後臺灣的報紙副刊模式，由四〇年代到九〇年代，出現了「綜合副刊」、「文學副刊」、「文化副刊」和「大眾副刊」這四個模式；特別是在進入九〇年代後，副刊主編面對的是更大的「大眾」壓力。副刊主編已經必須將「讀者」（另一面則是「市場」）的需要納入媒介內容的選擇過程中。這樣的壓力，讓「第一」副刊的主編不能不面對，難免頭痛；但是對「第二」副刊的主編來說，則是「甜蜜的負擔」，因為他們手下的副刊一出刊就是為大眾讀者而生，他們無需愧疚，無需自責。這種「大眾副刊」模式乃是大眾媒介的本質，自然必須也必然反映出「非傳統的、非菁英的、成批生產的、商業的、同質的」(D. McQuail) 大眾文化特色來。

進入二十一世紀之後，臺灣報業在經濟景氣不振的氣溫之下，已經進入寒冬，市場競爭更加嚴酷而激烈，「第二」副刊可能逐步取代「第一」副刊而存在於報業媒介之上，扮演更重要的角色，掌握同時型塑或領導臺灣的大眾文化，而「第一」副刊甚至可能逐漸消失於大眾報業之中。這可能是難以避免的大趨勢，「第二」可能成為「第一」，則各報紙媒介之間的競爭可能會表現在「第二」副刊的內容規劃、取向和表現上，三報之外，近年來《臺灣日報》「博覽」的表現，以及最近《中央日報》「第二副刊」的推出，也都足以看出此一發展。就傳統副刊的式微、少數菁英文化的低迷來看，不能無憾；就大眾副刊的勃興、大眾文化的獲得正視而論，則又令人不能不拭目以待。消長之間，或許也足供我們見證文化與媒介之間的辯證性關聯吧。

——原刊《文訊》，一九〇期，二〇〇一年八月一日

臺灣文學傳播的鮮活見證

——評《文訊二〇〇期紀念光碟電子書》

臺灣文學的發展過程中，由於文學向居弱勢，文學傳播媒介的主流也向來以大報副刊為馬首，作家創作和文壇活動依賴副刊傳播，文學愛好者也通過副刊的閱讀接近使用文學資訊，這樣的習慣養成之後，便難以改變，馴至於文學雜誌的維持和傳播功能相對不易，以創辦於六〇年代的《臺灣文藝》來看，如今幾乎面臨斷炊命運可知。而當前文學雜誌家數也寥寥可數，除學院中的《中外文學》、《聯合報》支持的《聯合文學》、南部醫師群支持的《文學臺灣》，和中部明道中學支持的《明道文藝》較為文壇重視與熟知之外，就屬由國民黨出資、卻又不帶政黨色彩的《文訊》，能獨領風騷，超越政治格局，為廣大的文學愛好者、文壇和研究者所共同感佩、珍惜，並且擁有相當影響力。

創刊於一九八三年戒嚴年代中的《文訊》，雖然是當時國民黨文工會策劃出版的刊物，創刊初期帶有部分「文化工作」的使命，但在主事者的高度自制下，伴隨著臺灣社會多元化和民主化的腳步，一直扮演著臺灣文壇的記錄者的角色，同時也彌補了主流媒介的副刊較不重視的文學資訊的缺口，通過翔實的記載、對不分黨派和意識形態的作家的關心，恰如其分地提供相關藝文資訊，整理文學史料，探討不同年代的文學傳播現象，並且能針對出刊之際的文學出版和作家動態全面觀照、評論，因而建立了《文訊》的客觀、公正媒介形象，獲得文壇與學界的肯定，特別是研究近二十年，乃至於戰後五、六十年臺灣文學發展的研究者，《文訊》都是不可或缺且值得信賴的資料來源。一份文學雜誌，能在臺灣這樣政治掛帥的社會中受到重視和信賴，原因甚多，但主要應在於《文訊》編輯群的努力，他們像園丁一樣，灌溉這座百花齊放的花園，不黨不私，忠實記錄了每個年代的文壇脈動，照料每一種不同的花樹，而且累積近二十年，可以被檢驗。

從一九八三年七月創刊，到二〇〇二年六月，《文訊》滿兩百期，近二十年時光，累積既久，《文訊》幾乎已經等同於臺灣當代文學資料庫，在這份一期一期編出來的雜誌中，不但記載了當月份的文壇資訊，整合來看，也可以從中爬梳出臺灣文學的流變與思潮脈絡，因此為研究者和學者所倚重。但也由於年深日久，要找齊《文訊》當然不易，檢索更加困難，因此由文訊雜誌社和凌網科技公司合作出版的《文訊二〇〇期紀念光碟電子書》的推出，不但具有重大意義，也對當代臺灣文學史料的保存與研究做出了貢獻。

先從電子書出版的意義說。電子科技的發展終於可以將資料繁多、紙本厚重、查閱匪易的二〇〇期《文訊》都匯聚於一片DVD光碟之中，讓研究者與使用者能在彈指之間瀏覽二十年臺灣文壇景象，檢索近二十年來臺灣文學的相關議題，這樣的電子書的出版，就高度發揮了文學傳播的功能，也使得一本本《文訊》可以從「過期」雜誌化身為讀者可活用的、永不過期的臺灣文學資料庫，所有曾經在《文訊》上努力過的文學家、研究者，以及編者的心血，也就有了再生的機會，這對臺灣文學的發展具有積極的意義。

其次，就電子書可能做出的貢獻而言。電子書的內容大體可分兩個部分，一是全文影像的提供，二〇〇期《文訊》內容與編排形式因為電子書而得以完整保持，與紙本無異，《文訊》本身的史料價值因此彰顯，而使用者瀏覽、列印的便利性，和閱讀紙本的親切性如一，除了免除使用者必須一本本找尋、翻閱的不便，也使得《文訊》得以直接進入需要者或研究者的個人電腦之中，快速取用、流通。二是資料檢索功能，電子書提供《文訊》各期專題、作者、被評論者、專欄、卷期的瀏覽與欄位全文檢索功能，透過檢索，可以叫出所需資料，在瀏覽與研究上，都提供了便捷、周詳的檢索服務。這使得二十年間不同年代、相同議題或作者、評論者的資料可以匯集於同一視窗與平臺之中，有利於研究、了解當代臺灣文學發展。稍感不足的，則是缺乏相關臺灣文學「關鍵字」的檢索，否則在使用與研究上必能提供更多服務。

但整體來看，匯聚在這薄薄一片DVD光碟之中的內容，總計三千餘萬字、八千多張圖像、八千六百三十三篇文本、一千七百多位撰文、二千三百多位被討論或研究的作家與學者，以及二百六十七個議題、二百三十三個不同主題的專欄——這些內容的總體呈現，具體證明了《文訊》二十年的成績，以及《文訊》在文壇與文學傳播領域中的辛勤耕耘，將會隨著這片DVD的保存與流通被更多需要者認識到。在我們這個文學式微的年代，這樣集體的努力和默默的實踐，如果能喚醒朝野與整個社會重視文化／文學傳播的重要性，及其對當代與未來臺灣文化／文學的保存、延續與累積、創發的功能，則此一電子書的出版，將格外具有意義。遺憾的是，我在撰寫這篇文字的同時，卻已傳出《文訊》面臨停刊的危機，這不能不讓人扼腕擔心：《文訊二〇〇期紀念光碟電子書》的出版果真會成為最後的「紀念版」，告別我們這個文化貧瘠的年代和社會？或者因此重生，在更多關心臺灣文學、文化發展的文壇、學界與讀者的關懷和挽救聲中，繼續在二十一世紀的臺灣存活下去，繼續公正無私地見證臺灣文學的發展圖式、記錄臺灣文壇的脈動與軌跡？

——原刊《全國新書資訊月刊》，四十九期，二〇〇三年一月

文學雜誌與臺灣新文學發展

——以日治時期臺灣文學雜誌為場域的觀察

一、文學發展與文學媒介

文學發展與文學媒介的關係，是不可也無法分割的。法國文學社會學家埃斯卡皮(Robert Escarpit)在他的《文學社會學》一書中，起筆就說：「所有文學活動都是以作家、書籍及讀者三方面的參與為前提。」換句話說，作為一種社會學的領域，文學脫離不開作家、媒介以及讀者三方的互動。探究一個國家的文學發展，無法忽略作家、作品，以及前述兩者對於社會所起的影響與意義。從文學的視角來看，社會是由文學反映出來的；歷史是由文學書寫出來的——介於社會的橫切面和歷史的縱切面之間，文學通過媒介（手稿、書籍、雜誌、報紙副刊、網路）方才彰顯了它對當代與後代讀者的影響，從而再現

(representation)了歷史與社會的形貌。

從這個角度切入文學發展歷程，我們就不能不密切注意文學傳播媒介所扮演的角色與功能。一般來說，文學媒介基本上具有五大功能：一是反映文學與當代社會互動，二是推湧文學思潮與活動，三是凝聚文學社群與文化認同，四是提供作家發表園地與培育新人，五是提供讀者教養與娛樂。而這不僅是文學的，也是文化史意義的彰顯。沒有一個作家、沒有一種文本，能夠脫離媒介而獨自生存，或者傳播開來、流傳下去——這說明了沒有媒介，也就沒有文學的道理。

在包含手稿、書籍、雜誌、報紙副刊與網路等諸多不同形式的文學傳媒之間，能統合前述媒介四大功能的，又以文學雜誌為最。手稿與書籍，通常是作家個體創作的展現，難以見出凝聚文學社群與認同的力量；報紙副刊雖然集結不同作家的創作與論述，但因為作為大眾傳播媒介的「大眾」定位與特質，也通常必須迴避特定一文學社群及思潮或作品風格的過度強調或集中；至於初興的網路媒介，則以其「個體性」特質，截至目前為止尚難看出社群與文化認同的彰顯。只有文學雜誌，尤其以純文學雜誌來看，在臺灣新文學發展過程中一直表現出強烈的社群特質，它們在凝聚文學社群與文化認同、推湧文學思潮與活動的兩個主要功能上，扮演了主要的角色，具有對臺灣新文學發展舉足輕重的關鍵性影響力。

二、日治時期臺灣文學雜誌變遷

我們當然不能說，沒有文學雜誌就沒有臺灣文學；但我們可以這樣說，沒有文學雜誌，則臺灣新文學史勢必缺掉一角。從一九二〇年臺灣學生在日本東京創辦《臺灣青年》雜誌以來，迄今的臺灣新文學發展都與文學雜誌發表作品、傳佈思潮、結盟成派，乃至於與社會、歷史產生互動，進而累積為臺灣文化史的一部分，都可見其密切關聯。

由於臺灣新文學運動發展迄今已有八十餘年，此期間跨越兩個不同的統治年代，文學雜誌屢仆屢起，家數繁多，這篇小文不可能完全處理。因此以下將僅以日治時期臺灣文學雜誌為觀察場域，藉以釐清臺灣文學雜誌與臺灣新文學發展的關聯，提供讀者參考；至於戰後臺灣文學雜誌的變遷與臺灣文學發展之關係，則有待另文探討。

臺灣新文學的開始，通說以由《臺灣青年》而《臺灣》到《臺灣民報》、《臺灣新民報》的「臺灣民報系」為首要媒介。一九二〇年，臺灣留日學生在東京創辦《臺灣青年》

雜誌，初期的臺灣新文學發展，正是依賴著以《臺灣青年》為首的「臺灣民報系」的鼓吹與刺激而展開。

其中較關鍵者是反映文學與當代社會的互動推湧文學思潮以及凝聚文化認同的部分。如《臺灣青年》刊佈陳端明所寫〈日用文鼓吹論〉，強調以簡便的日用文（白話）改革文學，啟迪民智；其後更名的《臺灣》刊出黃呈聰〈論普及白話文的使命〉、黃朝琴〈漢文改革論〉，到再更名的《臺灣民報》刊載張我軍一系列主張建立以白話文為書寫工具的論述。通過這些論述，起步中的臺灣新文學界獲得了與當時世界思潮同步的啟發，白話文作為文學書寫工具的正當性得以確定。

其次，使用白話寫作的作家與作品也通過雜誌和社會產生對話，要者如追風（謝春木）的〈她往何處去──致苦惱的年輕姊妹〉（日文）、無知的〈神秘的自制島〉等。雖然，「臺灣民報系」在雜誌階段仍非純文學雜誌，但直到一九三二年《臺灣新民報》改為日報發行之前的十二年間，它的文學／文化雜誌性格則相當濃烈，成為一如葉石濤所說的「臺灣新文學運動的根據地和大本營」，因此在臺灣新文學發軔期間，「臺灣民報系」實則也扮演了文學雜誌的角色。

臺灣最早出現的新文學雜誌是一九二五年由楊雲萍和江夢筆創刊的《人人》，不過只出兩期，具有歷史意義，實際影響力則弱。真正開始發揮文學媒介力量的雜誌，是一九三二年創刊的《南音》（其背後是一九三一年成立的「南音社」社群）、一九三三年在東京發行的《福爾摩沙》（其主力是東京臺灣學生組成的「臺灣藝術研究會」）。這兩份雜誌有其異同之處：就相同部分來看，《南音》推動臺灣話文運動，相當積極，主要角色是三〇年代與黃石輝一起點燃臺灣話文運動與論戰的要角之一郭秋生，他在該刊開闢「臺灣話文嘗試欄」，奠定了臺語文學的初基；《福爾摩沙》雜誌則引進西方近代文學技巧，以日文作為書寫工具，懷抱創作「臺灣人的文藝」的雄心——臺灣新文學發展過程中，具有文學社群特質，而又以推動特定思潮和運動為目標的文學雜誌模式，由此開始；就其異者而言，《南音》靠近本土，以臺灣話文書寫和運動為目標，《福爾摩沙》則強調藝術性，企圖在殖民文化的籠罩下，以殖民者的語言建立獨自的文化——兩者在藝術傾向和美學企圖上一傾向現實主義、一傾向浪漫主義。而這也紹啟了此後臺灣文學雜誌與文學發展過程中的兩大思潮傾向。

一九三三年十月，臺灣本土的第一個文學社團「臺灣文藝協會」（主力郭秋生、廖漢臣、黃得時等）在臺北成立，揭櫫「以自由主義為精神，以圖謀臺灣文藝健全發達為目的」的文學運動路線。次年創刊《先發部隊》，後改為《第一線》，雖只出版兩期，不過《先發部隊》創刊號推出「臺灣新文學出路的探究」專輯，邀集黃石輝、周定山、賴慶、守愚、君玉、點人、毓文、秋生等八位作家就臺灣新文學的發展提出論點；《第一線》推出「臺灣民間故事特輯」（收十一篇作品），則首開臺灣文學雜誌製作「特輯」的先例，同時也強化了文學傳媒作為公共論壇的特色；另外值得注意的是，這份雜誌除了與前述兩刊同文學社群的色彩之外，同時也表現出具備特定意識形態（名為「自由主義」實為以本土普羅大眾為基調的「社會主義」）的強烈風格與走向，稱之為運動型文學雜誌亦不為過。

到了一九三四年五月，由張深切、賴明弘等倡議，集結全臺作家的「全島文藝大會」在臺中市成立，其後組成「臺灣文藝聯盟」，並於同年十一月創辦《臺灣文藝》雜誌（漢文、和文各半）。該刊雖然作為「文聯」的機關刊物，但由創刊號〈熱語〉強調「我們以其有偽路線不如寧無路線」、「我們的方針不偏不黨」、「把臺灣的一切路線築向到全世界的心臟去」等標語來看，這份雜誌並不強調主義、主張或路線，因此得以結合全島作家，共同創作，這是臺灣文學雜誌多元典範的開始。這當中，當然也表現出對於路線與意識形態的揚棄，黃得時認為「臺灣文學運動到這時期，已漸漸脫去政治上的聯繫，而走向文學獨自的境地了」。

《臺灣文藝》的多元主義走向，其後引發堅持社會現實主義路線的楊逵不滿。一九三五年，楊逵與葉陶在臺中另起爐灶，成立「臺灣新文學社」，創刊《臺灣新文學》雜誌，強調「為了臺灣的作家和讀者，我們迫切需要能夠反映臺灣現實的文學機關」，因此《臺灣新文學》的內容主要環繞在社會現實主義的闡發和實踐之上，該刊對於當時日本、朝鮮左翼作家以及中國的魯迅、俄國高爾基等的作品與思想的介紹不遺餘力，表現了寬闊的左翼國際視野。這是過去臺灣新文學雜誌比較欠缺的部分，從多元主義走向國際主義，是《臺灣新文學》作為文學傳媒樹立的又一個典範。而臺灣新文學運動發展到此，舞臺也逐步由報紙副刊轉移到文學雜誌發展。

一九三七年中日戰爭爆發，臺灣新文學發展進入「戰爭期」，臺灣總督府開始禁用漢文，所有傳播媒介均受到箝制，楊逵《臺灣新文學》雜誌因此廢刊。一九三九年，日本作家西川滿、北原政吉等成立「臺灣詩人協會」，創刊《華麗島》雜誌，後又改組會為「臺灣文藝家協會」，納入臺日作家六十二人，於一九四〇年創辦機關誌《文藝臺灣》，這是日本統治階級的媒介，也是首次由日本人主導、臺灣人作家點綴其中的文學雜誌，葉石濤說它「代表殖民者的意識形態」，這類雜誌，在臺灣文學發展過程中，也形成另一種典型與模式。文學媒介在意識形態國家機器的指揮下，配合國家或統治者的需要，進行媒介內容的傳佈，如該刊在皇民化運動過程中強調「文藝報國使命」，其後在一九四三年「臺灣決戰文學會議」中由西川滿提議「撤廢結社」，導致所有文學雜誌的廢刊等都是明證。這在其後的臺灣文學發展中也仍多有出現。

與《文藝臺灣》抗衡的，是一九四一年張文環組成的「啟文社」，及其創辦的《臺灣文學》雜誌，根據張文環自述，這本雜誌基本上是對抗西川滿及其《文藝臺灣》的個人趣味以及缺乏人道主義走向而出，因此該刊大體上繼承了臺灣新文學運動的主脈，即寫實主義傳統路線，在愈來愈嚴酷的皇民化政策下進行抵抗，其中作品如張文環的〈夜猿〉、〈閹雞〉，呂赫若的〈財子壽〉與楊逵的〈無醫村〉等都是流傳至今的佳構。作為與統治者意識形態機器相互抗衡的文學媒介，《臺灣文學》樹立的是一種通過作品表現潛藏主張和抵抗意識的媒介形態——表面上，在雜誌的論述部分，格於統治者政策，該刊也強調支持「大東亞戰爭」的「文藝使命」；骨子裡，則是透過臺灣人作家的作品「推進本島文化」，其中流露出的被殖民者的無奈與傷痕。

一九四三年《文藝臺灣》與《臺灣文學》同時遭到總督府廢刊之後，由「臺灣文學奉公會」刊行的《臺灣文藝》成為戰爭末期臺灣唯一的文學雜誌。這是前述「臺灣文學決戰會議」的成果，展現了殖民統治者統一文學的意志和權力，這份雜誌的編委六人，只有張文環為臺籍作家，其他五人包括西川滿皆為日人作家；加上總計八期內容中，如「擊滅驕敵之神機已到」、「因應戰果之道」專輯等作品的推出，以及「決戰文學」小說的刊登，都說明了文學雜誌受到政治干擾與指揮的不堪，臺灣新文學發展過程中有「戰鬥文學」之稱的年代，一般通識是五〇年代的「反共戰鬥文學」；實則早在四〇年代日本統治下的臺灣已經存在名異實同的「決戰文學」，這個階段《臺灣文藝》正是此一決戰文學傳播的唯一機關。

三、日治時期文學雜誌的特殊角色

由以上關於日治時期臺灣文學雜誌變遷的過程來看，我們可以發現，作為文學傳播的主要媒介之一，文學雜誌在日治時期臺灣新文學的發展過程中，除了扮演文學創作發表園地的基本角色之外，最少還表現了三種特殊角色：

一是作為文化思潮的鼓吹者的角色。這可由「臺灣民報系」雜誌時期不斷通過論述與文學創作，傳揚「重見臺灣獨得的文化／文學」的聲音和內容印證；其後「臺灣文藝協會」創刊《先發部隊》、《第一線》，強調自由主義的闡揚，以及楊逵退出臺灣文聯，自創《臺灣新文學》強調社會主義論述與作品實踐等兩個例子，也足可驗證。

二是作為文學社群與運動基地的角色。整個日治年代的文學雜誌，其背後多為文學結社，無論官方或民間，無論大團體或少數作家，翻開此一階段的文學雜誌，總是先有社群（如「臺灣藝術研究會」之與《福爾摩沙》、「臺灣文藝聯盟」之與《臺灣文藝》，乃至於戰爭期間「臺灣文學奉公會」之與《臺灣文藝》），其中透露出文學雜誌的運動性格，以及臺灣新文學家的社群性格。

三是作為政治與意識形態的傳聲機器的角色。尤其是在外來統治者全面管控意識形態、介入文學傳播領域之際，殘弱的文學生態體系便易遭破壞，文學論述與文本書寫，乃至文學社群，都勢必淪為統治者傳揚其政策、粉飾其政績的工具，「臺灣文學奉公會」

之下的《臺灣文藝》，以及太平洋戰爭期間臺灣作家之被迫／或志願參與「大東亞文學者大會」，發表「決戰文學」作品等，都為顯例。

對照本文第一節所提文學媒介的五大功能來看，日治年代的文學雜誌在功能一「反映文學與當代社會互動」的部分，的確隨著日本治臺不同年代的內外局勢而有所改變，以文字語言工具為例，二〇年代初期，漢文是主要工具，四〇年代則絕大多數已為日文書寫所取代；在功能二「推湧文學思潮與活動」的部分，這些雜誌包括三〇年代強調「寧無路線」的《臺灣文藝》實際上都在表現集結者的意識思想，以及結社成群以推動某種文學路線的企圖；在功能三「凝聚文學社群與文化認同」部分，儘管有強有弱，但是就臺灣作家為主的雜誌看，如《南音》，其中洋溢的民族主義認同、臺灣文化重建使命，或者就統治者的角度所辦雜誌看，如四〇年代《臺灣文藝》濃烈的日本認同、大東亞意識，都有著宣揚和凝聚社群與文化認同的作用；在功能四「提供作家發表園地與培育新人」部分，以自主性高、不受統治者干預的文學雜誌最能發揮此一功效，三〇年代臺灣成熟作家輩出、作品豐收、新人出頭，都說明了這一點；最後，在功能五「提供讀者教養與娛樂」部分，雖然沒有任何統計數據或文獻可以證明日治年代的文學雜誌，在這部分發揮了多大的效用，但是我們若由日治年代值得注意的現象來看，可以看到臺灣新文學運動中的諸多重要作家多半與雜誌發生關聯，他們有些是雜誌創辦者、編輯群或主編，如楊雲萍、郭秋生、廖漢臣、巫永福、王白淵、張深切、黃得時、賴和、楊逵、張文環等；有些是從文學雜誌崛起的作家，如朱點人、楊華、王詩琅、呂赫若、龍瑛宗、吳希聖、翁鬧、吳濁流、葉石濤、王昶雄等。這除了又一次印證前述備提供作家發表園地與培育新人的功能之外，也足以充分說明文學雜誌最少具備「教養」的功能。

作家源自讀者，書寫來自閱讀，文學雜誌作為文學傳播媒介，在作家與讀者之間，同時扮演橋樑的角色，反饋到文學發展史上，亦復如是——文學雜誌再現了文學發展的相貌與履跡。

——原刊《文訊》「臺灣文學雜誌專號」，二〇〇三年七月一日

薪傳以繼，熸火不滅

——「臺灣文學雜誌展」的意義與啟示

文學雜誌，作為文學傳播的一個主要媒介，猶如薪之於火。文學的火光，有賴薪木之遞傳，文學雜誌扮演的就是這種傳薪熸火的角色，它提供文學社群相互守望的文學資訊，傳遞文學作家嘔心瀝血的創作成品，反映特定時空中文學思潮和社會變遷的對話，同時也供給當代文學喜好者閱讀的愉悅和心靈的陶冶——同樣都是文學傳播媒介，較諸副刊，雜誌具有更大空間，容許文學社群負薪行歌，傳揚社群理念或前衛美學；較諸書籍，雜誌更能薈萃群倫，展現不同的書寫風貌或多元的眾聲；較諸網路，雜誌則存留鮮明的班底印記，標誌出文學地圖上班底的集結和文學運動的軌跡。因此，文學傳播的主要功能，透過文學雜誌來觀察，都能具足，文學雜誌在這個層面上來看，近則映現了不同年代的文學發展變貌，遠則浮凸出文學史的枝梗脈絡。要了解一個國家的文學發展，通過文學雜誌最能一目了然。

臺灣的新文學發展，從一九二〇年七月十六日發行於日本東京的《臺灣青年》雜誌肇始，迄今八十餘年。《臺灣青年》雖然是一份綜合雜誌，但創刊伊始，就以三篇具有文學改良意圖的論述，對於其後的臺灣新文學書寫／運動產生啟蒙作用，這三篇文論分別是陳炘的〈文學與職務〉、甘文芳的〈實社會與文學〉與陳端明的〈日用文鼓吹論〉，臺灣新文學發展的主軸——寫實主義文學由此發其端緒。這八十餘年來，在不同的時空下、不同的年代中，以《臺灣青年》為首，薪傳以繼的文學雜誌，為數甚多，其中有在文學史上粲然發光的重要雜誌，也有旋出旋滅，不為人知的刊物，有些雜誌一創刊就捲起文學思潮千堆雪，成為文學發展的里程或思潮的旗幟，有些雜誌則寂然無聲，悄然失其影跡。但無論如何，這些文學雜誌都具有一定的文學社會學意義。在進入二十一世紀之後的今天，檢視這些文學雜誌，了解臺灣文學社群的嬗遞、思潮的演變以及文學書寫的圖像，不僅具有再現臺灣文學史的作用，也有助於重建臺灣文學書寫圖像。

有鑑於此，長期蒐集並整理臺灣文學資料的《文訊》，選擇在該刊創刊二十週年慶時推出「臺灣文學雜誌專號」，並且對外舉辦該刊精心策劃的「臺灣文學雜誌展」，展示日治時期以來的文學/相關文學雜誌，此舉特別值得文學界、學界與社會重視與期待。在該刊編輯部半年多的籌劃、與諸多藏書家的襄贊下，從日治年代迄今多達三百五十三種文學雜誌，完整呈現在國人面前。光是蒐羅這些為數眾多的文學雜誌，就屬不易；更何況其中甚多雜誌早已沉埋於塵灰，今能重見天日，再展於讀者面前，更是功德一樁。這是文學界的盛事，對於臺灣文學的傳播與研究，對於文學爝火的發亮發光，都具鼓舞作用。

從文學傳播的社會學意義看，這次展出的三百五十三種文學/相關文學雜誌，不只是展現臺灣文學傳播的媒介現象，同時意味著不同年代文學社群的起落生滅，及其相對於社會/文化變遷的互動姿彩，相應於時代差異表現出的文學思潮起伏。在這三百五十三種雜誌之中，有主流，如日治年代《臺灣青年》、《臺灣》到《臺灣民報》、《臺灣新民報》（雜誌階段）的呼風喚雨，影響臺灣新文學與文化的基礎整建；如起於五〇年代《文學雜誌》到六〇年代《現代文學》的現代主義書寫風潮；起於六〇年代《臺灣文藝》以迄於今《文學臺灣》的臺灣寫實主義書寫脈絡。有伏流，如從日治年代《南音》的臺灣話文書寫到今日的《海翁臺語文學》的承續綿延，如從五〇年代《新詩週刊》以降迄今

《臺灣詩學》學刊的多種變貌……。打開這些雜誌，我們看到的是一群鋪磚疊瓦的文學人及其社群，如何以文學書寫、論述和他們所處的時空展開對話。

從文學史料的蒐羅與整建看，這次雜誌展中，有甚多不為文學界所知、或者為人所知但已湮失難見的雜誌出土，也有補於文學史或出版（雜誌）史隙縫。如一八九七年創刊於日本東京的《學燈》，雖然對臺灣文學史的影響有限，卻補充了出版（雜誌）史的缺頁；又如戰後初期（一九四五－一九四九）的文學雜誌，則有彌補日治到戰後臺灣文學史／出版史殘缺史頁之功。「臺灣文學雜誌展」讓史料出土、讓蒙塵雜誌現身，則研究者之據以填補空隙、讀者之藉此一窺原豹，便能兩全。

多年來，我從事在學界比較邊陲的文學傳播研究，每感於史料蒐羅不易，前人在動盪年代中艱苦經營文學雜誌、從事文學傳播的血汗與貢獻，因此隱而不彰。《文訊》雜誌艱苦經營二十年，盡其所能，扮演文學資訊公共論域的角色，「臺灣文學雜誌展」的推出，充分映顯了一群不尚吹噓的文學傳播工作者，如何在最艱困的環境下，不計毀譽、不計處遇，為臺灣文學史料整建默默付出的精神。這種跨越黨派、意識形態與文學社群區別的作為，如薪傳之繼，如爝火之燃，特別彌足珍貴，也具深層意義與啟示，應為臺灣文學界，乃至整個臺灣社會所珍惜。

——原刊《中國時報》副刊，二〇〇三年七月九日、十日

讓2146塊閱讀明鏡發光發亮

——關於讀書會與閱讀運動的隨想

二〇〇二年冬天，一位多年以前在日本東京開會時認識的朋友打電話給我，說天母有一群朋友組了一個讀書會，大約每週聚會一次，選擇專書，進行討論研讀，讀書會希望我去為她們上些課，主要是現代詩的研討。這位朋友已經多年未見，我不忍拂逆她的好意，因此答應每個月找一個週四下午，花兩個小時時間，帶她們一起閱讀現代詩的經典作品。我問這位朋友，讀書會成立了多久，找過哪些作家，如何進行閱讀與討論，她詳細地告訴了我，原來讀書會已經持續了好幾年，她們主要是家庭主婦，只有一位男士成員，由於對現代文學有興趣，也有創作經驗與動力，因此除了閱讀之外，也找詩人到聚會場所與她們進行討論交流。過去已經去上課的詩人有羅智成、陳義芝……等。她們曾經用過的讀本，有一本是瑞典學院院士馬悅然、奚密和我合編的《二十世紀臺灣詩選》，但尚未充分研討，因此我們敲定用這本詩選當教材，選擇其中大家有興趣的詩人作品進行研討。

上課的第一天，我就發現這群朋友對於現代詩具有相當的熱情和概念。她們提供給我的創作，在一定的水準上，對於現代詩人與詩壇的了解也相當深刻，她們關心詩、喜歡詩，也寫詩，我們的討論，互動而熱烈，有時我聆聽幾位朋友發表對某一首詩作的高論，竟彷彿回到了年輕時代與友朋在咖啡廳談詩論藝的場景。這樣的讀書會，讓我感覺到文學似乎尚有可為，尤其像現代詩這樣「冷門」的文類，這樣被歸屬於年輕人喜愛的文類，依然存在於天母的這個讀書會中，參與的十來位朋友，年齡都在三十歲以上，其中幾位年紀與我相當，對於七〇年代甚至更早文星書店版的現代詩集都耳熟能詳，並珍藏至今。與她們每月一會，談現代詩，說詩的象徵、結構和語言的操作，也就不覺得辛苦。聚會的場所，在天母一家咖啡廳內，環境清幽，老闆親切，品味咖啡、神遊詩境，別有趣味。

我不曉得全臺灣有多少類似天母讀書會這樣的閱讀團體，也不了解這些讀書會如何運作，不過從文建會的網路上看到的統計（八十九年八月的統計數字），讀書會總數已經高達2146個，其中臺北市就有三百六十二個，天母讀書會只是其中之一。由這個令人驚喜的數據看，國人的讀書風氣和閱讀興趣，還是很可觀。假設這些讀書會每月讀一本書，每會假設二十人，人人一冊，則每月就有四萬二千九百二十人讀書，有四萬二千九百二十冊書籍被閱讀，這樣的閱讀稱之為「運動」就名副其實了。不過，以我對出版市場的了解，情況似乎不這麼樂觀，尤其這幾年來，出版市場（包括大型連鎖書店）的營運都已警訊頻傳，部分文學專業出版社甚至停止營業（如「純文學」）、或者降低每年出版冊數與出版量（如「爾雅」），多數出版社的庫存與退書量都相當驚人。出版市場的相對「寒冷」，對照全國讀書會的相對「熱絡」，我們的閱讀風氣和習慣是不是可以稱之為「運動」，又令人不能不多所保留。

讀書會與「閱讀運動」之間的關聯性，因此值得探討。閱讀運動，顧名思義，是鼓勵國人讀書、買書，以促進閱讀風氣，提升文化環境，並刺激閱讀消費。當讀書成為每個人的興趣和喜好時，人文氣息的提高、文化環境的改善，便水到渠成。讀書會的組成，基本上就是愛書人俱樂部的形成，一群朋友透過閱讀，交換心得，引發討論與共鳴，進而提升心靈成長、增進相互了解，這在離開學校、踏入社會之後尤其難得。因此，讀書會如果能夠採取比較系統性的「計畫閱讀」模式進行，每年開列有系統的閱讀書目，循序漸進，則一兩年下來，成員的知識和內涵的增進，必然大有進境；此外，如果讀書會成員的閱讀興趣相近，閱讀計畫尚可採取專門領域導向，擇定某知識領域（如天母讀書會擇定現代文學），不定期或定期延請專家或作家，發表相關演講或帶領討論，則在專門知識領域用功既深，日久也能成專家。如此一來，全國2146個讀書會如同一座閱讀大學，每個讀書會是一個科系，有人研讀文學、有人研讀民俗、歷史、財經……，在這股風氣之下，各不同類型的出版社也勢必受到鼓舞。假設2146個讀書會當中有10%興趣是閱讀文學，依每個讀書會二十人保守估計，就有2146×10%×20=4292人在閱讀／購買文學類圖書，這對寒冷的文學出版市場多少會是一股助力（當然，相信人數絕不止於此）。讀書會發揮了閱讀與購買好書的功能，像樣的閱讀運動就自然出現了。

此外，我在帶領天母讀書會時，也曾建議這些喜愛閱讀與寫作的朋友，將自己創作的作品集結起來，印刷成冊，每三到六個月，最少每年出版一本成員的作品集——閱讀運動如果只有閱讀而沒有寫作，一如只有觀摩而缺乏實踐，吸收還是有限。我在大學教過一班「報導文學」班，規定學生每週必須閱讀一篇報導文學的論文、或佳作，閱後寫心得五百至一千字，期末則交出一篇報導文學創作，並由班上同學組織編輯委員會，將同學作品收集、編輯，然後出版成書，每個同學就都成了這本書的作者，期末最後一天出書時，全班師生分享出書的喜悅。學生們經過這一年，每週閱讀，期末創作，出版的整個過程，對於報導文學的閱讀、鑑賞與寫作都能因此親身經歷，學習效果好，興致高，懷念也多。讀書會的成員雖然多數白天仍有工作，但只要有人分擔，定期編印出版作品集，將成員作品編輯出版，那就不但人人讀書，也人人都寫作了。更重要的是，透過閱讀之後的寫作歷程，知識吸收更能進入心靈；透過作品出版，會更珍惜文字，並為讀書會建立一種高度認同感和文化傳承感。如此以繼，閱讀將不只是「運動」，也會是「涵養」。

除了以讀書會對閱讀運動可以產生助力之外，我也深深覺得，閱讀運動的普及有賴出版社和作家的投入。目前國內出版社多有讀友或會員制度（雖然鬆散，只成為單向的寄發書訊或 DM 名單），出版社應該積極些，多舉辦提供讀友或會員參與的讀書活動，定期交誼或交流，來增加出版物的閱讀與消費人口——不過，正如前述，書市蕭條，蕭條帶來萎縮，萎縮則又無法也無力辦理類似活動——如果此法行不通，則出版社何不主動聯繫這 2146 個讀書會，提供讀書會每月出版資訊、導讀，將其中閱讀興趣與出版方向接近的讀書會納為貴賓，提供較大折扣購書優惠，協助讀書會洽商旗下作家蒞會指導或演講，以建立書香情誼，則分散全國的讀書會就形如出版社的分支書店與閱讀室，也有成為出版者「友情鼓勵」來源的機緣。出版社從傳播書香、或者從開拓市場管道的角度，都有必要積極接觸這些讀書會。

讀書本來是個人的事，但與同好分享閱讀心得，共同成長，也是人生樂事，我在帶領天母讀書會的朋友的過程中，深有這種感覺。儘管目前臺灣閱讀風氣仍然不夠普及，讀書、買書的習慣也遠低於看電視、電影，聽音樂，然則只要還有人愛書，喜歡閱讀，互享閱讀的喜樂，這個社會就不至於低俗、沉淪。分散在臺灣各地的 2146 個讀書會，就是臺灣的 2146 塊明亮的鏡子，只要這些鏡子發出更大的亮光，就會有智慧與愛，如天光雲影，護佑這塊寶島。

——原刊《全國新書資訊月刊》，五十二期，二〇〇三年四月

期待新的篝火點燃

——從傳播的角度談文學的生死

一九九四年，我曾經以本名林淇瀁在政大《新聞學研究》學報上發表題為《戰後臺灣文學傳播困境初論：一個「文化研究」向度的觀察》的論文，針對進入九〇年代之後臺灣文壇傳出一波波「文學已死」的聲音及話題，提出我的分析與看法。當時，我剛進入政大新聞系博士班就讀，深感臺灣文學的傳播在已形多元化的臺灣社會中雖然依舊進行著，但「多元化」似乎反而使得文學的生命更形萎弱。在這篇論文中，我拋出「這是文學的無用？或是文學作為傳播的無力？」的提問，試行尋求解答。

這篇論文在考察臺灣的報紙副刊和社會變遷的關聯性之後，我試圖指出從八〇年代末進入九〇年代的臺灣，因為六、七〇年代工業化的結果，整個社會及經濟形態已成為一個資本主義社會，報業也早在七〇年代中發展出「少數獨大」的「媒介工業」規模，使得副刊自然也成為這個媒介工業中的「機器」之一，文學，作為副刊顯然已經不可能再像八〇年代之前那樣獨享發聲管道。「多元化」，使得文學傳播的功能在報紙上不易揚聲，文學傳播的困境於焉產生。副刊，作為曾經是臺灣文學傳播的重要媒介，它的運作自然受到政治力宰制及經濟贏利目標雙重的侷限。

當時我還歸納，兼有大膽預測此後趨勢的用意，指出這樣的困境有四：

㈠文學傳播媒介成為意識形態的對立場域，它既刺激／反映了臺灣社會文化多元化的現象，也深化了政治意識形態在文學／文化傳播過程中的作用力。文學傳播的主要傳播者作家從而相互以意識形態的對立在不同媒介中各自傳聲，意識形態成為文人圈關注的議題，而讀者亦見分化現象，文學傳播不再像過去那樣具有強大效果。

㈡報紙副刊已由過去的「文學副刊」轉變成為大眾文化論壇，它既影響也受影響於社會變遷過程中資本主義社會的種種文化現象。社會價值在源自資本主義的「動機」和「報償」、「消費」與「炫耀」的文化傳播過程中逐漸崩毀，所謂「輕、薄、短、小」因而成為八〇年代副刊論述的一個主流。文學傳播的萎縮，可以想見。

㈢大眾媒介的副刊走向多元論述及多樣內容的結果，固然為社會大眾開啟了意識啟蒙的窗口，提供給了文化工作者開闊的活動空間；但相對地，也壓縮了其他文學文化傳播媒介（特別是雜誌）的生存空間，以及文化工作者透過小眾媒介（包括地下或同仁媒介）型塑前衛論述的可能。同時，純文學作品逐步退出副刊，作家不再受到社會矚目，新人出頭不易，而小眾媒介的文學刊物更是經營不易，《臺灣文藝》的出出停停、不斷改變經營與編輯方向，即其一例；此外如各種年度文學選的叫停、文學類書籍在出版市場上的滯銷等，均顯現了文學傳播的嚴重困境。

(四)文學傳播的原動者，本來就是在「文人圈」這個領域內，而不管從文學的「班底」或「世代」來看，臺灣文學界在經過鄉土文學論戰的衝激之後，無論本土文學班底或中國論述班底（最典型的例子是「臺灣筆會」與「中華民國筆會」的分立門戶），它們的影響力都已不若早期，且有逐漸凋零的趨勢；而同時，戰後第一世代作家（約為一九四五—一九五五年出生）雖已出現，並在七、八〇年代各擅勝場於文學傳播媒介，但第二世代作家卻要到九〇年代才冒出頭來，結果是第一世代作家創作力衰退、而第二世代作家仍未居主流。班底的凋零與世代銜接的中斷，反映在文學傳播過程中，就是文學表現的無力、文學創作及產品的稀少。

這篇論文的結論是：文學如果真有「死亡」現象，也是因為文學傳播被文人圈單向地將之依賴於大眾媒介之上。大眾媒介對文學的傳播固然有著推波助瀾的功能，但格於其媒介工業特質，對文學的書寫亦相對造成傷害。臺灣文學工作者必須辨明此中的弔詭，以文學書寫對抗消費文化的挑戰、以文學專業媒介（雜誌及出版）的整建，發展新的傳播系統，抵抗媒介工業的收編，並以「磋商」(negotiation) 策略，鼓勵大眾的參與和解讀，讓讀者成為主動找尋意義的創造者，而非被動的受訊者，才能真正突破臺灣文學的傳播困境與危機。

將近十年過去，我所提出的四個困境，除了第一個困境（意識形態困境）因為臺灣的民主化歷程稍見緩和、開放，對立不再相形嚴重以外，其他三個困境都未見改變，而且似乎正好相反地，以著更傾斜的趨勢往下發展。副刊的輕薄短小，從九〇年代迄今，已經形成凝定的模式，雜文專欄、話題文章，和流行議題，成為副刊的主調，長篇小說連載固然早已遠颺，短篇小說也愈見其短；散文創作無論主知或抒情，字數已受相當限制；詩雖不受影響，但多為點心襯版之用，短句、小語馳騁副刊；至於大論宏談，則消聲匿跡。而本來可補副刊大眾化的缺口，提供純文學創作較大空間的文學雜誌，以及文學出版，更是不斷弱化凋零。這十年來，文學雜誌不增反縮，文學出版社更是備受市場打擊，大型連鎖書店每月提供的所謂「文學類排行榜」成為對文學最無情的嘲諷和最可悲的笑話，「純文學」已停，「大地」不在，「洪範」「爾雅」餘音嫋嫋，「九歌」易調，七〇年代的「五小」盛景日薄。至於最後一個困境，文學班底的星散與新生世代的難以出頭，也仍持續。以班底看，班底現象一向鮮明厚植的詩刊社群，昔曾對壘的臺灣筆會與中華民國筆會，在九〇年代之後已經偃旗息鼓；以世代看，九〇年代之後，新世代作家多半單兵作戰，直到近一兩年來，因為網路媒介才逐漸蔚為社群……。

撫今追昔，果真不能不讓關心臺灣文學發展的我們質疑：「文學在這個時代究竟是什麼？」過去這十年來，文學傳播困境的依然存在，也不能不讓文壇中人省思，曾經為文學的夢想有所期待、為書寫的意義有所堅持的我們，在臺灣社會變遷劇烈的年代中，是否還抱有熱情，還相信文學書寫對於社會與時代、生命和性靈仍具有的改變或啟示的力量？這十年來，我雖然因為博士班的課業和論文的寫作，創作日已遠，但維持的文學閱讀習慣並無改變。每天閱讀副刊、文學雜誌，觀察文學出版現象，文學也一直是最愛。十年來，報業環境的巨幅改變，由盛而衰，導致副刊盛況難再，報業經營匪易之下，副刊編輯更加難為，這是可以了解的；然則，何以文學雜誌、文學出版和文學新世代也跟著無以出頭，則值得文學界深究──按理，副刊既已無力也無法消化篇幅較長、前衛而具實驗性的文學作品，應該足以提供給文學雜誌更多的競爭與存活空間，讓文學雜誌因此更具競爭力量，吸引作家力作，也吸引喜好文學的讀者；然而，事實不是這樣。我們看到的，依然是《聯合文學》、《中外文學》、《文學臺灣》等三家純文學雜誌艱難苦撐，繼續前進，而歷史悠久的《臺灣文藝》最近又傳出面臨停刊的訊息，顯然文學雜誌並未因為副刊走向大眾化，而開拓出更大的純文學閱讀市場。文學出版也是，七、八〇年代大量的文學讀者都到哪裡去了？曾經那樣喜愛閱讀文學、支撐文學類書籍不斷再版、鼓勵文學作家繼續創作的讀者，難道都已經不再需要文學了嗎？更進一步說，八〇年代之後新生的讀者又到哪裡去了？難道他們的閱讀已然排除了文學這樣一個重要的視野了嗎？

如果答案是肯定的，那麼臺灣文學未來的天空也將會是灰暗的。文學的死亡，將不只是文本的死亡、作者的死亡，而是市場的死亡、讀者的死亡。就文學傳播的角度來看，作家與讀者的互動，依賴文本／媒介，後者的萎縮，相對意味著文學傳播的萎縮，而這才是最大的危機——當文學無法再提供夢想，更正確地說，當文學的夢想和創造力，不再被這個時代與社會所珍惜，一個缺乏夢想和創造力的社會也就不遠了。在副刊輕薄化、文學出版弱勢化、文學社群虛無化的趨勢下，除了流行、八卦、金錢、權勢的追逐，這個社會與這個年代，還能提供什麼給未來的一代懷念追緬？一個沒有夢想、沒有創造力、沒有對於文學或其他藝術多一點點珍惜或喜好的民族，又將如何累積人文精神和文化財富？

我在九年前對於臺灣文學傳播困境的歸納，除了是趨勢的解析，也是危機的預示。我寧可當時的這些解析是一種書齋管見，寧可當時的大膽預示如今被證明為非。遺憾的是，十年過去了，文學傳播環境與管道依然窄仄，資本主義社會的臺灣，擁有極大的財力和資源，可以支撐出與資本主義先進國家一樣的大型連鎖書店、出版市場。這個市場，根據文建會的《一九九九年臺灣圖書出版市場研究報告》所示，購買圖書的消費人口已經高達一二八一三五九六人，已經可說是每兩人就有一人屬於圖書消費人口；而該年度（一九九九）國內圖書市場總值推估也高達五二一·五億，業者總營業額推估達五一三億，文學類的整體市場值為四一·二億，約為百分之八——這樣的出版市場，不能不說已經相當龐大，卻養不起五份純文學雜誌、十家左右的純文學出版社，原因何在？若就這份報告和一九九七年的報告比較，在受訪讀者的部分，一年內最常購買、常買前三名及最近一次買的圖書種類中，比例變動比較大的是教科參考書及考試檢定類增加最多，其次為休閒趣味，減少最多的則是童話名著及文學，顯然，是九〇年代以降的讀者，流向教科參考書及考試檢定類者多，閱讀的務實傾向增強；流向文學與經典者銳減，閱讀的品味與想像傾向弱化所致。這個研究，尚未進一步分析比較「文學」類圖書市場中大眾文學與純文學出版品的市場強弱比、翻譯類和創作類出版品的市場強弱比，如果深入比較，創作類純文學出版品的市場值，一定更加悽慘——問問爾雅的隱地、洪範的葉步榮就知道了。

這果然真是一個文學式微的年代啊！文學成為在黑暗角落點燈的志業，而不成其為事業與職業。在這樣的年代中，文學書寫因而更需要依賴信仰與信念，文學社群因此更需要相濡以沫，相攜以進，了解傳播困境，突破市場圍城。我個人的淺見以為，報紙副刊作為大眾媒介，既然無以刊登前衛、長篇的文學作品，最少應負起主辦文學獎以外，引介優良文學創作的書評導讀、以及傳播文學新聞資訊的責任，提供廣大讀者更多的文學資訊，刺激並改變文學傳播的環境。作為臺灣文學傳播的火車頭，副刊在進入二十一世紀的資訊時代之後，要重回七、八〇年代的「盛世」已無可能，也無必要；如何因勢利導，創造一個繼「綜合副刊」、「文學副刊」、「文化副刊」與「大眾副刊」之後的新的「資訊副刊」模式，一如其他新聞版一般，報導與文學相關的人事物訊息、提供讀者與作者互動公共論壇、樹立文學出版品評鑑權威，應該是可以思考的方向。副刊若能有此轉變，必能帶動文學雜誌與出版受到大眾讀者的關注與重視，強化文學老將與新人的公共性，有利於讀者與作者通過文本閱讀進行協商的空間。

我祝願文學的夢想，先從副刊的篝火中點燃，逐一傳遞到雜誌、出版與新舊世代的文學社群手中，使文學繼續守護二十一世紀的臺灣。

——原刊《聯合文學》，二百二十五期，二〇〇三年七月

附錄一：瞻望新世紀臺灣文學景象

——《誠品好讀》座談發言

本文原為《誠品好讀》於二〇〇〇年十二月九日舉辦「為下一世紀——你所期待的文學景象」座談會發言紀錄，參與座談者有向陽、李喬、南方朔、陳雨航、張惠菁等五人，這裡只摘錄向陽發言部分。

一、尋找臺灣的文學讀者

我認為臺灣讀者的動向，第一個是「增加」與「分散」的現象。從文學的市場來看，其實臺灣的文學讀者增加很多，因此有林清玄、吳淡如、痞子蔡這類動輒銷售量達數萬、數十萬冊的作者。這個部分讀者人口的增加，牽涉到臺灣社會變遷中，教育程度的改變、生活所得的增加、日常生活水準提高，以及文學藝術品味的提升。然而問題在於，增加的人口都集中在大眾文學這個層面，並沒有往純文學的人口去堆積，主要是因為如文學品味改變、興趣改變、年齡變化等等因素而分散了。

第二個因素或現象是「接合」與「斷裂」。當我們談文學的接合時，要想到此時可能有部分的文學閱讀人口，較常看外國作品，較少看本土作品，因而產生了接合到外國的現象。而斷裂的現象則牽涉到，不同世代的出生年代不同，即使相同的年齡時的興趣，如文學品味、娛樂種類也會不同，於是出現斷裂的現象。事實上，主要的文學閱讀人口是二十歲上下，如果現在二十歲上下者的文學喜好與上一代不同，而主要提供文字閱讀者又是上一代，就會產生供需的斷裂現象。

二、尋找臺灣的文學作家

在這裡要補充的是，當我們問到臺灣讀者到哪裡去時，也要記得問臺灣作家在哪裡？也許是目前臺灣的作家無法符合讀者的需求，如品味、心靈、生命意義上的需求。此外，也可能是因為重要的作家多半停筆，或成熟的作家尚未寫出重要的作品，年輕作家尚在摸索當中。在這種狀況下出版的文學作品，可能會讓讀者覺得，他們想要選擇外國作家的作品。

三、玩弄文字及鍛鍊文字

我主要在寫詩。詩人是文字魔術家，以玩弄語言文字為天職。詩人之所以玩弄語言，因為他正視到內容的重要。因為內容很重要，所以語言也就很重要。如果我要說的一段話、要寫的一篇內容、要作的一首詩，或要傳達的是我的創作，且它所要傳遞的訊息是重要的，那麼我就必須考量要用什麼方式來表達。文學基本上是一種社會真實的再現；在此，文學與媒介相似，其實它不可能將真正的社會真實表現出來，因為它只是一種再現。再現是一種符號，我們透過這個符號，去表現出或再把原來的現場搬回到文本裡，事實上，這當中早就不可能是原來的真實，我們頂多只能說它是文學的真實。可是，文學的真實往往比社會真實還要真實，而這正是我們願意尊敬地把好的文學作品當做經典來閱讀的最主要原因。

形式很重要，可是有什麼形式，不代表有什麼內容；如果內容很好，一定有很適合的形式配合它。即使用西方的魔幻寫真作為一個範本，事實上因為作者本身也會改變它，所以它也經歷另一種創造，而最後呈現出來的作品可能是臺灣化的結果。馬奎斯作品的形貌與張大春的可能已經不太一樣了。在這種狀況下，新的東西會表現出來。王文興對中國文字的運用，我們與其說他在玩弄文字或迷戀文字，不如說他試圖打破隱身於中國文字後面的那個霸權。他試圖用一個文學作家的創造，去重新詮釋他內心裡文化的意義。從這個角度去看，形式基本上是一種開創，而不是一種套用或一種玩弄。

當多數的寫作者習慣於用某種固定的、討好的或流行的形式寫作時，有另一個寫作者不採取這種方式，改用自己的語言文字去表現，這時候他就開創出一種新的文體。之後有人用這個文體來追他時，這個文體就腐爛掉了。形式是一個顛覆，之所以用新形式，是因為要顛覆舊形式。如果我不想顛覆舊形式，形式對我就不重要，這時候內容就很重要。可是，所有的形式不可能都是由一個作家獨創的，也許某人覺得某個形式是他首創的，然而別的國家可能早就有了，形式可能是寫作環境當中的一種延續，是一種書寫者與書寫者、書寫者與讀者之間的文學形式上的延續或傳承。從詩的角度來看，詩的重要在打破語言，而打破語言是為了創造語言，是為了讓後人創造一個能夠打破的語言。詩是在這種循環當中，它本身是一種遊戲，且有其意義和價值。

四、輕與重之間的無限可能

在輕與重之間，其實有無限的可能，而這提供文學與作者一個越界的可能，和一個挑戰的可能。從西方來看，工業革命之後，所有的東西都被資本化、都市化、工業化，在這種情況之下，會產生一個新的現象，簡單地說，是用量來測度質。量多不必然代表質好，反之亦然，然量多會產生質變，尤其是到了一九八〇年代，現代主義的教條和經典都已經被推翻，我們進入了一個去中心、去一切權威的標準的時代。

如果用量來判斷，《紅樓夢》和《三國演義》賣得不少，銷售量也很大，張愛玲的作品的銷售量也很大，我們不能以量來評斷哪些作品是大眾文學，同樣地，我們也不能單純地從純文學的標準來看待大眾文學，因為這其中會產生一個以誰做標準的問題。

我們觀察作品時，可以從文學的角度來檢視其美學成就，如形式和內容，看它是否創造出新的風格；也可能從市場的角度來看其市場價值，在此它是個產品、消費品，與文學無關。在出版市場上，它可能是暢銷書，但不一定是好的文學；而它也可能同時是暢銷書和非常好的文學作品。劃分作品時，應從美學或市場的角度去區分，而不應從文學等級或層次去區分。我認為，劃分文學作品的輕重，或是談論其純度，是後代史家的事，不是當代人的事，因為當代人都漂浮在當代的空中，誰知道孰輕孰重？

五、副刊不死，文學不活？

報紙副刊是一個重要的文學媒介；這不表示雜誌、書籍就不是重要的文學媒介。我在〈戰後臺灣文學傳播困境初論〉這篇論文中，看法和李喬很相近；副刊不死、文學就不會活。這其中牽涉到幾個重要因素。其一，臺灣讀者沒有真正閱讀文學的習慣，通常都是由於好奇、風潮、流行，或是某部作品得獎才閱讀文學。之所以會如此，是因為一個深層而內在的原因，那就是大家覺得日常購買的報紙裡就有文學，所以我們每天都在看文學，根本不必再特別去看文學。

報紙副刊有其歷史地位，對於臺灣的文學、文化，甚至整個社會的變遷，都曾造成很大的影響，比如說一九七〇年代，以及基本上是從報紙所引發出來的鄉土文學論戰。可是，這讓大眾誤以為只要是在副刊上面的，就是文學。而副刊是一種大眾傳播媒介，所以有時它將文學定位在大眾所能接受的層次上。在這種情況下，很多實驗性的作品，如形式上創新或是內容上可能與主流價值相衝突的那些作品，就不可能出現在副刊上。

臺灣文學傳播所面臨的困境，乃是報紙副刊壓縮了文學這種小眾東西的生存空間。國外很多報紙根本沒有文學副刊，只有讀書版、書評版，日本也是如此，這讓那些喜歡文學的小眾知道，要在文學出版社與雜誌社當中找出好的，再從其中找出好的文學作品。於是，這提供了至少一家到兩家重要的文學雜誌社或出版社得以存活的空間。

六、文學社群的組立

長期以來，臺灣政治團體相當兇猛，文學團體相當孱弱，事實上，文學團體象徵社會反省能力。而現今在臺灣的文學團體都還存在，有臺灣筆會、中國文藝協會、中華民國筆會、中國婦女寫作協會、中國青年寫作協會……我們可以發現，冠有「中國」名稱的很多，帶有「臺灣」名稱的只有一個。實際上，那些冠有「中國」名稱的文學社團很難在臺灣生存，因過往它們是與政治力的結合，是配合政府的文藝政策而成立的全國性社團，缺乏民間自發性的活力。

七、發自於民間活力的文學社團

南方朔先生剛才提到的文學社團，是發自於民間的活力，可是，這正是臺灣的文學團體所缺乏的。以目前現存的民間自發性筆會，有臺灣筆會及其他幾個在解嚴後成立的社團。如果把這幾個社團放到文化界與學術界來看，會發現文學家的社團比起教授的社團，如臺灣北有澄社、南有南社、中有中社，顯然欠缺掌握媒介的能力。而且，文學社團的力量也比不過報紙副刊的主編。

另外，便是文學社團在社會中所扮演的角色，這牽涉到文學社團是否把寫作當作一種社會行為。臺灣的文學社團在這方面比較缺乏，畢竟它們不是扶輪社或獅子會，且文學家的待遇和所擁有的社會條件都比較不足。我想，我們可以這樣問：「臺灣文學家的文化改革精神究竟到何處去了？」因為一個文學團體能夠在時代裡產生它的力量，與其擁有的思想有關，也就是與它想要推動的思想有關。這種想法可分為兩個層面來看，一個是文學理想，或是社會理想，或是欲提升此職業社會身分和位階的想法。而臺灣現在正缺乏這種動力，不論是在經濟上、社會上或職業尊嚴上。

在臺灣幾個主要的文學創作類別當中，現代詩社團是最興盛的，像「笠詩社」從民國五十一、二年創立到現在，每兩個月出刊一次，從來沒有中斷過，內部的凝聚力相當強，儼然成為現代詩本土論述的灘頭堡，這當中有其職業尊榮在內，而其他的詩社也都是如此。南方朔先生剛才提及的文學社團的情況，在臺灣現代詩壇是存在的，而且現代詩的詩人會透過文學主義上的論戰，或互相批判，來推動現代詩的美學和思想。

八、文學家與文論者的身分接合

一般來說，臺灣現代詩的詩人也是詩論家，也有他們各自的詩的觀點，一方面創作上論辯，有互相顛覆的可能，另一方面在社群結合上各據山頭，不同的詩刊有不同的思想，新的一代會推掉舊的一代，像在一九七〇年代，新生代詩社就完全推翻舊一代詩社如「創世紀」、「藍星」及「現代詩」的主張。

而臺灣其他文類的文學團體則不同於現代詩社，這是因為現代詩的詩人沒有消費市場上的顧慮與期待，反而放得開，能夠在他們自己的小眾圈子裡，從事各種試驗、創造及理論論述，所以比較容易達成文學團體或社群的內聚力和共識性。不過，這也不見得比較好，因為到最後那可能就只是詩人之間的東西，跨不到民眾或讀者的領域裡。

九、文學與網路的接軌帶來新的寫作風潮

一九九〇年代的N世代藉由BBS站，湧起一股網路文學熱潮，在這股目前不超過五年的網路熱潮裡，出現了痞子蔡現象；很多學院內作家在BBS站上既是讀者也是作者，不但閱讀文章也張貼文章；後來全球資訊網出現，形成了製作與發表個人網頁的風潮。有些人認為那是初期的現象，只是一群小孩子在玩電腦和網路而已。可是我發現到，這其中產生了一種新文學現象，以及形成一股新文學風潮，而這可能是新一波文學革命的開始，大眾已經習慣平面印刷的文本，可是網路已經把這樣的文本推到一邊。這種新的文本可能不再借助紙、筆，而借助瀏覽器，也就是聲音和影像。在這種狀況下，文學的文類的內容、形式及精神三方面，都有新的改變。我期許那些二、三十歲的網路寫作者，要將標竿放在更遠及更高處，為臺灣文學的文本和文類帶來新的可能，開創新的文學風潮，造就新一波文學的革命，成為新的胡適或新的賴和。

——原刊《誠品好讀》第七期，二〇〇一年一、二月合刊

【卷二】

網路飛越舊星空

書寫行為的再思考

——「文學：科技、圖書與消費、閱讀的再思考」引言

書寫，尤其是文學書寫，從某個角度來看，很像是鳥的鳴唱、花的開謝，不帶目的，也不含預期——文學書寫本身具有一種神聖的意義，作家之所以創作，因為有話想說、有話要說，不吐不快，一如春暖時花開，秋涼時花謝一般，書寫是作家獨立自主的行為。

因此，對以書寫為主要志趣的作家來說，凝神專注，追求書寫的美學成就，完成自我的風格，不受外在環境、社會與讀者喜好的影響，超越流行和暢銷的誘惑，便成為文學社群的主流共識。書寫的意義，在於創造新而獨立的書寫典範，既不邀寵於讀者眼前，也不尾隨於名家身後，透過體裁的鎔鑄、語言的冶鍊以及意象的抓攫、想像的開發，表現出卓而不群的書寫格調或境界，往往成為作家書寫之際的重要願景。

這種書寫的願景，可稱為「文學史意圖」，具有書寫者要向文學歷史交代的野心和自

我期許。古往今來的詩人作家幾乎都懷抱著這種野心，希望以文字的書寫再開或新創書寫的里程碑。詩騷以下，辭賦繼出，唐詩新創，宋詞易之，以至於傳統漢詩之為現代新詩取代，莫不原發於作家這種「文學史意圖」的書寫行為。

但是，作家也是社會群體中的一員，在作家獨立自主的書寫行為之外，他所處身的社會其實早已先天地決定了他的書寫路徑。作家不是天生的，在他使用的語言和文字中，早就躲藏了社會、種族、文化、地域的胎記；在他書寫的過程中，更是必須面對政治與社會變遷的諸多衝擊，並因為他的出身、學養、經歷和思想的累積過程，決定了他自認為獨立自主的書寫行為的最後風格。書寫的本身固然是個體的，書寫的行為及其結果則是群體的。一流的作家，通過他的書寫行為，完成以他的名字為表徵的文學風格，如莎士比亞、川端康成、曹雪芹、魯迅、賴和，也同時完成他出現的那個年代的集體文學風格。

不過，這種具有「文學史意圖」的書寫，並非人人能至，而且即使大師出現，也有賴同一年代文學社群的推波助瀾，才有風起雲湧的加成功效，這也使得多半的文學書寫行為是在同儕效應之中完成。相對於「文學史意圖」，這種書寫行為可以名之為「社會學意圖」。

正如同法國文學社會學家埃斯卡皮提供的兩個概念，作家的書寫行為具有「世代同儕」和「班底集群」兩個集體現象：就世代同儕現象言，出生於某一時期的作家形成一個菁英輩出的世代，他們在文學編年史上叢聚而出，如天上星辰，照亮文學史上某個令人懷念的年代。盛唐時期的詩人、中國三〇年代的作家群、臺灣七〇年代鄉土文學風潮下的戰後作家，都是顯例。就班底集群現象言，通常反映在諸如改朝換代、革命、戰爭或其他重大政治事件發生之際，便會促成同一時期中的作家集群以結社的方式出現於歷史舞臺之上，通過班底集群的集結，他們以群體的書寫共識改寫了文學史乃至大歷史。中國的五四運動、臺灣的鄉土文學運動都具有這種特質。

「社會學意圖」的書寫行為，往往標誌著文學史中動人的交響樂章，同一世代的作家通過他們各自獨立的書寫，混聲合唱，唱出了標誌他們色彩的書寫年代；同一時期的作家通過他們的結社行為，齊聲合奏，往往奏出了標誌那個年代特質的聲音。五〇年代的臺灣現代詩運動是既表現「世代同儕」現象，又彰顯「班底集群」現象的雙重融合。在書寫行為上，紀弦、覃子豪、林亨泰的書寫，是一個世代的書寫；現代派詩人的集結與宣言，則是一個班底的書寫。這兩者都具有以集體書寫告別、或反抗舊的集體書寫，進而開創新的文學社群與年代的意圖。

文學書寫的「社會學意圖」具有強烈的政治性，屬於「文化領導權」(Cultural hegemony，或譯文化霸權）的反抗或爭奪。文學書寫，在大環境的結構中，也屬於文化霸權的一部分，既具階級性，也有政治權力為其後盾，因此即使是最具獨立性的作家，他們的書寫行為仍然會反映或表現來自社會具有優勢的生產模式，因此他們形成的主流班底集群，也無可避免地成為政治權力的一個部分。這在臺灣文學史上的三次鄉土文學論戰中都可清楚看到。

另一種書寫行為則帶有策略性，而特別是市場策略，可稱為「商業性意圖」。商業性意圖的書寫行為跨越年代，也跨越地域的諸種鴻溝。作家的書寫行為，考量的不是漫長的時間（歷史）、也不是處身的空間（社會），而是大眾讀者的接受與喜好；同時，書寫策略考量的，借用埃斯卡皮的概念，不是「文學的成功」而是「商業的成功」，這兩者也非全然互斥。商業的成功與文學的成功是兩回事，不過都同樣具備「讀者期待」的特質，商業性意圖的書寫是否成功，端看以市場取向為最高原則的「文化工業」(Culture industry)

——文學書寫被融入資本主義的出版工業之中，去塑造一個信仰與價值觀趨同、認同與行為模式齊一，並以創造消費為中心的閱讀快感為目的的文學商品——是否成功而論。

具有「商業性意圖」的文學書寫，也被稱為「大眾文學」，屬於大眾文化的一環，在後現代社會中其實一樣具有社會、集群與文化的意義。以暢銷書為例，瓊瑤、金庸、吳淡如或網路年代的痞子蔡，他們的文學書寫與社會大眾需求的閱讀愉悅，較諸嚴肅的文學書寫靠得更近，因而具有一定的社會學的意義，最少可以透過這類文學書寫行為，觀察並了解大眾文化和資本主義之間的聯動性，以後現代主義的觀點來說，他們的書寫混和了高尚與通俗文學、各種既有符碼與文類的分野，消除了書寫美學的單一標準和生產中心，一如後現代研究學者胡森(Andreas Huyssen)所說「代表一種文化重生的運動」。換句話說，這種商業性意圖的書寫行為，在後現代主義來看，也是具有正當性的。針對文學書寫行為的再思考這個議題，我提出「文學史意圖」、「社會學意圖」與「商業性意圖」等三個概念，並不表示所有的文學書寫行為都不脫離這三種意圖。這是一個立基文學社會學及傳播行為提供的觀察與分析，無法窮盡所有文學書寫行為的可能變貌。作家的書寫行為（尤其意圖）如何並不必然與「文學的成功」具有因果關聯。用白話說，一個具有「文學史意圖」的作家，不必然能進入文學史；一個懷抱「社會學意圖」的作家及其書寫行為，不必然能夠深刻反映他所處身的時代與社會；而一個具有「商業性意圖」的作家，也不必然就會被文學史所淘汰。

終極的區別，不在作家的意圖及其書寫行為，而在文本本身的成功與否。換句話說，鳥為什麼鳴唱、花為什麼開謝，並不重要；重要的是，鳥怎麼鳴唱、花怎麼開謝。

——二〇〇〇年十一月二十日

飛越舊星空

——鳥瞰當前的臺灣網路文學

網路傳播的使用，在臺灣約從九〇年代中期開始，通過網際網路這個新媒介，傳統的大眾傳播形式逐漸受到挑戰，過去傳媒單向的、輸送的，而且難以接收受大眾回饋與反應的「單向傳播」逐漸被網際網路所打破，新的具有互動性可能的傳播形式因而被發展出來。分析網路媒介的特性，最少可以看到四個特質：一、網路模糊了個人及大眾的分野，使個體可利用網路進行各種層次的傳播；二、網路的匿名性導致傳統的「傳送者」與「接收者」的定義不再明確；三、「多對多」的傳播網路模式代替了傳統媒介「一對多」模式；四、互動取代了單向。

作為新科技，網際網路通過數位，形成虛擬空間，容許個人在其中扮演全新角色，建構堡壘，墾拓花園；作為新媒介，網際網路也挑戰了以傳播者為主導的大眾媒介角色，提供給接收者主動傳佈資訊的無限空間，且免除掉經營傳統媒介所需的人力與資本。因此，只要你粗具網路知識，粗通網頁書寫，就能駕馭網路，傳播理念與資訊。網際網路被稱為「資訊高速公路」，就是這個道理。

在如此的資訊高速公路上，一切都可盡興奔馳，文學當然也是，理論上，只要文學與網路結合，文學傳播就可以為全民所有、所享；文學不會再只是少數文學菁英的語言遊戲，也不再會被傳統的文學媒介及其建構出的媒介霸權所壟斷；同時，過去以大敘事者身分決定文學遊戲規則的傳統形態也會被打散、重組，並且因為網路的介入，把創作與表意的權力交回可以接近使用記憶體與資料庫的閱聽人手中。

但實際上的網路狀態並不如此，自從全球資訊高速公路逐一擴建以來，最少已有兩億以上人口進出其中，但不必諱言的是，網路上的文學社群仍屬弱勢，扣除具有商業目的的大型書店網站、教育性質的文學院網站，以及大眾傳媒的文學網頁，所剩的就只是文學創作者或欣賞者架設的個人網站。臺灣的文學網路生態尤其如此，不僅網路文學媒介以及大型文學網站有限，就是個人網站也紛碎零散，對照以資訊流通為主的大型媒介網站、以商業市場為考量的強勢站臺，臺灣的網路文學相形窘迫，還困在高速公路下雜草蔓生的沼地中。

早期臺灣的網路文學由校園內的 BBS 站開始，如「晨曦詩刊」❶、「山抹微雲」❷等都提供了校園文學新秀自主發表作品的園地，這些校園文學社群以網路為媒介，試圖打破平面媒介的主導權力，重建新的文學論述，大有「去主體性」的企圖，表現出E世代文學社群異於先前世代文學書寫的網路特質。臺灣的網路文學傳播，是從這裡開始，出現了去中心、去霸權的個體性格；到了全球資訊網（WWW）勃興之後，較具規模的文學專業網站以及個人網頁開始出現，如「詩路：臺灣現代詩網路聯盟」❸以及「臺灣文學研究工作室」❹、「暗光鳥 e 厝」❺等大型網站上網，這些主要由作家、學者架設的網

❶ telnet://192.192.35.34「北極星站」；telnet://140.121.80.168「田寮別業站」；telnet://beef.tcu.edu.tw「蜘蛛養貓站」

❷ telnet://vicky.nsysu.edu.tw

❸ http://www4.cca.gov.tw/poem/

❹ http://ws.twl.ncku.edu.tw/

❺ http://www.lomaji.com/

站，具備較豐富的資源，以更接近平面媒介的編輯、選擇與去取的守門模式，建構了文學在網路傳播的主導模式，通過接近使用更加容易的連結，通過名家與新秀作品的匯聚，也通過WWW的傳遞，這類網站快速地形成網路文學傳播的主要媒介，真正的網路文學社群至此才算看到規模，其中又以「詩路」的影響力與貫穿力最著；同一時間，「妙繆廟」❻及「澀柿子的世界」❼設站，網路文學開始出現結合文學與網路特質的「超文本」(hypertext)實驗，結合聲音、圖像與文字的網路文本，在李順興、須文蔚、米羅・卡索及筆者的推動下受到矚目——這三股力量，分別來自校園寫手、網路文學社群以及超文本推手，共同形成今天臺灣網路文學的主要內容與發展路徑，也促使一個異於二十世紀臺灣文學傳播的新的「網路文人圈」的出現。

從而，「網路文學」也就有廣義與狹義之分。廣義的網路文學，泛指所有以網路為媒介的文學網；狹義的網路文學，則專指「超文本」的網路實驗，結合文本、動畫、影音與網路程式，改變平面文本的靜態／單向書寫，展現出新的動態／互動形式。這兩種網

---

❻ http://www.sinologic.com/webart/index2.html

❼ http://www.sinologic.com/persimmon/

路文學的共同特色是，它們都具有異於平面媒介主流論述的另類特質；它們也具有一股反抗既有書寫權力的論述力量；它們多半出自個體，且仍然欠缺大媒介的動員力量。但在網路中它們之間又具異質：廣義的網路文學，重視的是媒介的接近與使用，資訊與論述的分享與流通，因此不強調網路科技或特質的介入，網路的作用猶如佈告欄，是張貼文本之處；狹義的網路文學則剛好相反，特重文學與網路的結合，不止於張貼，而是把網路當成演出的舞臺，運用網路科技提供的各種可能來秀出新的文本，預言新的文類的誕生。

除此之外，臺灣的網路文學在一九九九年出現新的趨勢，舊有的大媒介開始注意到網路傳播的力量，「中時電子報」❽出現，「人間副刊」隨之上網，由此開始，傳統的大媒介紛紛進駐網路，這些網站基本上採取轉化平面媒介內容的方式為之，由於大媒介本身資源豐厚，瀏覽近用者多，影響力自然更大。另一種形態則是純為網路媒介的「明日報」及其初期出現的網路副刊，不過，網路副刊隨後即遭取消，而「明日報」在其後亦成黃花，只留下當年的「個人新聞臺」❾，如今繼續運作——想不到的是，黃花雖謝，

❽ http://news.chinatimes.com/

麥田猶在，個人新聞臺如今竟花繁葉茂，在眾多新世代作家的進駐下，儼然成為網路文學界中人數最多、論述最勤的文學圈子，尤其青年詩人，如鯨向海、丁威仁、陳去非、林德俊等更是活躍。這些E世代詩人在新聞臺中設置播臺，發表個人創作、評論，互相攻錯，不但使得早期BBS站的近用功能復甦，更有預示臺灣現代詩風潮的氣象。

這當然只是相當簡略的勾勒，臺灣的網路文學仍在發展中，網路已成資訊高速公路，網路文學則仍然踽踽於公路旁的沼地上。目前活躍於網路中的文學，寫手最多、作品最多、形態最多變者，多屬詩人。過去的詩人，吟詠星空之下，二十一世紀的詩人則酣暢網路之中，這一方面固然顯現出詩人的敏感與前衛，另一方面似乎也說明了當代臺灣文學界對網路的陌生與猶疑，小說家與散文家有必要急起直追；從世代的差距看，網路上馳騁的寫手，又以二十到三十歲的青年作家為多，這預徵著網路作為新的文學書寫與運動發源地的可能，另一方面則又凸顯當代臺灣文學的傳播權力仍掌控在平面媒介守門人手中，如何釋放近用權力給予文壇初起的新世代作家，應該是目前握有文學傳播媒介的中生代主編思考的重要課題。

---

❾ http://mypaper.ttimes.com.tw/

傳播學者馬奎爾曾指出，大眾傳播的重要性主要圍繞在意義的給予和取得之上，在網路傳輸與電腦科技不斷提升、進步之下，平面媒介和網路媒介的對話、協商是必要的，老、中世代和新世代寫手的對話、協商，也是必要的，因此正視E世代作家在網路上的書寫、論述，當然應該是當代臺灣文壇的課題之一。我預期網路文學將會很快地走過沼地、進入高速公路，奔馳出一片新而亮麗的風景。

——原刊《中國時報》副刊，二〇〇二年十月

三個瓶頸與兩個途徑

——當前臺灣網路文學傳播問題析解

一、網路與文學：樂觀與悲觀

網路傳播在臺灣，約從九〇年代中期開始就已形成趨勢，進入二十一世紀之後，其勢更是沛然而不可擋。網路一方面是一種科技，一方面則又是一種媒介，這使得二十世紀的傳統媒介及其傳播形式都受到基礎性的挑戰，從單向到互動，從輸送到回饋，網際網路以其無遠弗屆的科技傳輸路線的建立，逐漸改變了舊有傳播的特質，過去由菁英掌控的傳播權力被解放開來，釋回公眾手中，傳播者和受眾涇渭分明的角色區分已逐漸模糊，資訊的提供者和接收者的界線也逐步泯除；同時，過去媒介獨有的資訊選擇守門人的特質，也因為網路使用者的加入，不再具有絕對的刊佈資訊與否的生殺大權；過去被傳統的傳播媒介懸為傳播者美德的「接近使用權」，則在通過數位形成的網路虛擬 (virtual) 空間中釋放開來，資訊的接近與使用猶如空氣與水，不再是夢寐難求的特權。

這樣巨大的轉變，正在逐步改寫人類的歷史，類似工業革命那樣對全人類生活產生的巨大影響，此刻也在此一「網路革命」過程中成形。人人都是資訊傳播者、建構者，同時又是資訊使用者、分享者的年代，將隨著「全球資訊高速公路」(Global Information Infrastructure, GII) 的鋪設與普及而達成，像 GII 這樣目的在於「保障並擴大公民的表意自由，提供給個別的公民從氾濫的資訊中創造他們所需求的資訊的權力」，「讓全世界各地的人一起分享知識和即時傳播」的「全球資訊高速公路」一旦在國際社會間普及開來，則李歐塔 (Jean-Francois Lyotard) 當年預言的「社會電腦化」(Computerization of society) 將隨之形成，新的資訊傳播模式將迥異於今天我們習慣的傳播方式。

面對此一趨勢，過去曾在傳統媒介之中占有一席之地的文學傳媒，當然也無可避免地必須面對網際網路的全新的挑戰，肆應網路這個新的媒介與通路，進行必要的調整與革命。從樂觀的角度看，文學若能通過網際網路進行傳播，則過去主導於少數文學菁英的書寫，或被傳統文學傳媒建構出的典範，都可能因此重組、解構，文學可望重回人人都是文學創作者、分享者與使用者的理想國度，類似中國《詩經》輯選的各國國風、民歌競出的文學大花園，將在網路世界中花繁葉茂，蘊蔚開來。但如果從悲觀的角度看，今天在全球網際網路竄流、氾濫的資訊中，文學傳播實際上仍居於劣勢與弱勢，不僅臺灣如此，舉世皆然。依照網路科技的快速發展與改變，在眾多商業網站不斷拓生、汰換之下，有一天也有可能幾無文學容身之地，屆時文學資訊的流通、文學創造的園地都將逐漸萎縮。文學可能因為趕不上網路科技的腳步，被拋離出人類精神文明工程師的行列，則文學危矣。

但不管樂觀或者悲觀，文學傳播都必須與網路媒合，應該是關心臺灣文學傳播與發展的文學社群共同思考的課題。尤其以當前臺灣的網路文學傳播現象來論，更浮現著網路文學書寫互動不足的現象，有待文學社群分頭克服，來改造與提升網路文學的環境，以期待全新的網路文學革命年代的到來。

二、網路文學發展：三個瓶頸

以網際網路作為新媒介的臺灣網路文學，目前面臨的主要困境，在於文學社群與網路社群互動不足、前中生代作家與新世代作家互動不足、紙本文學傳媒與網路文學傳媒互動不足等三個瓶頸。這三個瓶頸之間又同時互有關聯。

文學社群與網路社群的互動不足，主要在於前者仍然習慣於傳統文本書寫和傳統文本思考，因此以傳統文本（紙本的文學：文章發表或出書）為界定文學社群的主要標竿，也以此作為書寫專業（作家）的基本門檻（如重要文學獎以出過若干本「書」為推薦獎的基礎條件、如《中華民國作家作品目錄》以「最少出過一本書」為是否列入名鑑的標準）——相對之下，作家作品的發表方式若與此不符，即被排除於文學社群之外，形成網路社群作家被置於「亞流」、「末流」的邊緣位置；而在九〇年代之後，臺灣文學社群世代交替現象匱乏的情況下，目前仍居於文學社群核心者多仍為前中生代作家，其中參與網路社群者仍屬不多，因而又形成前中生代作家與新世代作家互動不足現象，使得世代交替因此遲緩；最後，則是掌握當前紙本傳媒（副刊、雜誌與出版）的守門人都屬前中生代作家，他們具有主導當前文學傳播的權力來源，網路作家、網路社群或網路文學傳媒是否能夠通過紙本傳媒獲得文學社群、乃至社會的肯定，仍須通過此一關卡的檢驗。

在這樣的文學傳播結構仍未改變之下，一個新世代作家如果只在網路社群中活躍，只在網路媒介上發表作品，除非能在網路社群中引起相當重視、騷動或形成網路議題（如痞子蔡和他的《第一次的親密接觸》），否則就難以獲得既有的文學社群的承認——為此，這位新世代作家還是必須投稿到副刊、想辦法出書，或者參加文學獎，循著舊有的文學社群的集體規則前進，網路文學原來具有的「去規範」、「去中心」、「去權力」的特質因而難以建立，作為「文學」書寫的正當性因此遭到剝奪。

這正是當前臺灣網路文學無法正常、蓬勃發展，臺灣文學社群出現世代交替瓶頸的原因所在。所以，儘管網路文學在臺灣發軔甚早，從各大學校園 BBS 站網路書寫，從九○年代中期興起的「超文本」書寫，發展到今天，都已經將近十年，卻還為紙本的傳媒所不熟悉、還難以獲得既有的平面書寫文學社群所了解，且困頓乏力，難以為繼。網路文學，作為對傳統文學媒介、書寫與文類的挑戰，幾乎仍難伸展。表現在實際的網路生態中，我們看到的是：像痞子蔡這樣「出網天」的網路作家寥寥可數，超文本書寫的質與量也仍不可觀，而「明日報個人新聞臺」中網路文學寫手固多，且形成社群，但瀏覽者的回饋與互動卻相當有限。

於是，「網路文學」是否可能隨著網路科技的發展，在網路中花繁葉茂，蘊蔚成大花園，最少就目前來看，就不那麼樂觀了。

三、「網路副刊」：兩個途徑

大眾傳播學者馬奎爾曾在論及媒介作為一種「有缺陷的意義機器」(media as a defective meaning machine) 時指出，大眾傳播主要圍繞在「意義的給予和取得」，雖然最後的結果通常是無能為力的。但是，傳播本質上就具有「創造性、互動性和開放性」，因此，有「意義」的結果「通常是經過協商而來，且無以預言」。

從現狀看，臺灣的網路文學傳播目前也正陷於看來「無能為力」的窘境之中，但這也只是一個仍可改善的缺陷而已，網路文學不管作為新媒介或新文類，它作為「意義機器」之一是無可否認也無可取代的。我們當前所看到的網路文學的窘境，既然來自文學社群與網路社群互動不足、前中生代作家與新世代作家互動不足、文本文學傳媒與網路文學傳媒互動不足等三個瓶頸問題，因此如何加強其中雙方的協商和互動，善用網路特性，則仍有無限空間。

事實上，傳媒對公領域的影響（意義的產製），主要來自對私領域的滲透。過去一個世紀的文學傳播，主要依賴大眾傳播媒介（特別是報紙副刊）的媒介運作，進入網路時代的今天，將文學文本和訊息通過網路傳遞，提供閱聽人的讀者自由取用，自行闡釋，從而創造由讀者主動掌控的意義，或許不失為當前臺灣平面文學社群和網路文學社群可以各自打拼、共同協商的方向。

從平面文學社群的這一方來說，「網路副刊」的經營與落實，應該是平面傳媒（特別是臺灣報紙副刊）加以重視的急迫課題。「網路副刊」的媒介形式，基本上比起網路文學更具即時性與互動性，以網路為媒介，傳佈文學作品、提供文本與訊息的儲藏、接近與使用，創造出既能發揮網路特性的意義領域，也更容易提供讀者不同選擇的需求，進而形成對文學的喜愛與認同。這是網路中的文學傳播據以克服書寫者與閱讀者數位科技差距的最直接方式，最可行的方案。

具體的規劃，傳播學者須文蔚曾在一九九七年提出他的構想，在他的構想中，「網路副刊」可以現有報紙副刊規劃「網路版」來行之，稱為「副刊網路版」。須文蔚進一步還提出這樣的「網路副刊」能夠發揮的內容方向有四：一、利用網路媒介大量傳輸與大量儲存的特性，提供更開闊、多元、整合性的文學作品。二、可規劃多媒介的本文，加入互動性閱讀結構，提高閱聽人使用文學網路媒介的動機。三、文學資訊能夠及時提供，有助於提高文學社群的訊息流動。四、提供更具個人性的媒介內容，甚至可依照文類不同提供更細緻的服務。

從一九九七年到今天，五年過去了。事實上，從一九九九年開始，現有的主要報紙也已紛紛將其報紙內容轉為網路資訊，設立大型資訊網站，提供網路讀者使用。從「中時電子報」出現，以及隨之上網的「人間副刊」開始，其後繼之的是「聯合新聞網」❶以及隨之上網的「聯合副刊」、「文學咖啡屋」❷、「網路文學」❸等轉化平面媒介內容為數位資訊的網站；接著有「中央日報」❹及其「中央副刊」、「自由時報電子新聞網」❺及其「自由副刊」、「臺灣日報」❻及其「臺灣副刊」……等上網。如今已經形成平面傳

---

❶ http://udn.com/NEWS/mainpage.shtml

❷ www.cca.gov.tw/coffee/

❸ http://udn.com/SPECIAL_ISSUE/CULTURE/NETLIT/index.htm

❹ http://www.cdn.com.tw/welcome.htm

❺ http://www.libertytimes.com.tw/

媒「副刊網路版」的全面供應。不過，這些網路副刊截至目前為止，仍以提供既有媒介內容為主，尚未達到須文蔚建議的二、三、四等三項理想目標；但由於這些網路副刊的背後就是大眾媒介，在網路中的影響甚大，瀏覽近用的讀者甚多，很快形成與平面媒介上的副刊相互呼應的效果。其中尤其以報紙版「聯合副刊」與網路版「文學咖啡屋」的相互呼應，及其透過駐站作家與讀者互動的模式，更發揮了實體/虛擬媒介相生相濟的傳播效果，也較切近文學上網的特性。如果平面媒介副刊能進一步強化網路近用性與互動性，則不僅對解決當前臺灣網路文學的三大瓶頸可起立即作用，也將擴大傳媒自身的影響力，成為網路當中重要的文學社群。

其次，從網路文學社群的這一端來看，由平面媒介主導的網路副刊畢竟還是以既有的優勢進駐網路世界，主宰文學傳播的主要方向，並可能以消費大眾品味為主要內容，導致具有原創性、實驗性的文本無法在網路中取得一席之地；加上平面媒介副刊進駐網路，似乎也難真正發揮「去主體性」、「去中心」的網路特質，以及比較不受媒介守門人制約的開放性；而真正平等的網路互動在現有網路副刊尚未提供新的網路服務（如納入

❻ http://taiwandaily.com.tw/

個人網站、討論區、發表區等）之前，可能亦屬奢求。因此，除了「副刊網路版」之外，我們也還得期待網路文學社群自求多福，善加集結，形成一個開放的「網路副刊」。這樣的網路副刊，可能是另一種更靠近網路特質、更符合分眾或小眾需求的「意義機器」。這樣的網路副刊，類似從九〇年代開始至今的BBS站、部分相互連結的文學網站，以及目前在「PChome明日報個人新聞臺」上架設的為數眾多的個人文學臺，應該可以建構出新世代／新時代的「網路文學烏托邦」，獨立於平面媒介架構的網路副刊之外，與其產生互動，乃至相互競爭。

通過連結，或者通過某種革命意義的互動與串聯，我認為這些主要由E世代耕耘的、分散的網路站臺，將可因為一個「網路副刊」的出現，表現出二十一世紀由網路文學社群發動而來的新的文學（媒介／文本）革命。這樣的網路副刊可以打破，最少足以抗衡平面媒介的文化領導權，創建新的文學傳播路徑，表現E世代／新世代文學社群異於前中世代的文學觀念或價值體系。並且，從這裡開始，可能宣告新的文學的出發，彰顯與網路相符的去中心、去霸權的主體性，文本遊戲規則可望因之重回使用者手中，與網路特質相符的文學傳播模式可望因此浮現。

一個理想的由網路文學社群集結而出的「網路副刊」應該包括兩個特質：一方面必須採取並保有異於平面媒介主流論述傾向的個性（批判論述與另類創作），一方面也必須保有並改善主流媒介去取內容、決定文本的權力，達到具有協商與平衡功能的文學資訊流通的最佳狀態，以使傳播內容具備多樣性，議題建構具備爆發力，這才能彌補資料庫近用（平面媒介副刊網站的長處）不足的缺憾。

不過，更重要的，可能是網路文學社群（特別是E世代作家）如何具體實踐的課題。無論架設或者連結，網路副刊都需要匯聚眾人之力，透過主幹之間的合作、理念，乃至犧牲、付出，方能出現雛形。年輕世代作家不必欽羨五〇年代紀弦如何集結百來位詩人成立「現代派」、發表宣言，不必欽羨七〇年代眾多的年輕詩人如何創辦詩刊、扭轉詩潮——二十一世紀初交的今天，只要新世代的網路作家願意投身，網路就是一個論述的戰場、一個運動的起跑點、一個實踐的開始——網路副刊的架構，可能是此一實踐的起步。

四、結語：期待新路

網路科技仍在不斷進展中，學者麥克魯漢(Marshall McLuhan)早在他的「媒介即訊息」論述中強調，真正的訊息並非媒介傳達的「內容」，而是媒介的「形式」，因為它延伸了人們的感官，並因此改變人們的社會生活。近十年來，隨著網路科技的進展，麥克魯漢的觀點再度獲得重視。網路終將改變我們的社會、日常生活與思考；網路也會改變未來將出現的文學。網路科技不斷發展，終有人人都能輕易使用網路、接近網路並且運用網路的一天，這一天不會太遙遠。

臺灣的文學社群遲早也會面對這一天，透過網頁書寫、發表作品，甚至創作新的文本都不會是難事，屆時網路文學的發展和創作、閱讀與詮解，都會改變今天我們習見的文學形式，乃至內容，那麼今天我們所看到的網路文學瓶頸也就都自然消解了。但是，臺灣的文學社群也可以更早一步準備好，通過網路與其他社群互動，想辦法增強文學傳播的體質和動能。架構一個理想的「網路副刊」，不管由平面媒介傳媒主導，或者由網路文學社群創發，應該都可並行不悖，互為主體，為臺灣文學及其傳播找到一條新的道路。

——原刊《自由時報》副刊，二〇〇三年二月十六日

春花「望露」

——在網路中閃爍寒光的文學

儘管網路傳播在臺灣從九〇年代中期已經出現，各種網路媒介紛繁多姿，個人網站網頁也充斥網路之中，但不必諱言的是，臺灣的網路文學媒介以及文學網站，在整個網路中仍然極其有限，對照於大型媒介網站和主要以商業市場為考量的眾多強勢站臺，文學網相形窘迫寒酸。

網路是一種新科技，通過數位，形成虛擬空間，容許個體在這個空間中建構一己的堡壘，墾拓自己的花園，以網路作為媒介，免除了我們常見的平面媒介動輒數百人、花費上千上億的高度成本，因此只要粗通網頁書寫，要以網路為媒介傳播個人理念，理論上是輕而易舉的。李歐塔曾經樂觀地指出，一旦「社會電腦化」，就會出現「公眾可以自由近用記憶體與資料庫」的理想國。文學不再被少數菁英建構出來的媒介霸權壟斷，大敘事者身分決定遊戲規則的傳統傳播形態會被打散、被重組，並且交到所有參與網路遊戲者的手中。

不過，事實不盡如此，網路其實存在著「數位鴻溝」(Digital divide)，最少截至目前為止，不是每個人都會上網，於是網路區劃了兩種人，一是網路使用者，另一是不使用者。門裡門外，這兩種人的資訊取得和取用網路能力，與他們在現實世界中的建立的「常識」大相逕庭，面對數位科技，這兩種人之間存在著明顯落差，甚至包括文字語言符號的使用。而主要以文字書寫為工具的文學社群尤其如此，文學上網的傳播形態，在當前臺灣仍不理想，網路真可以稱為文學傳播的另一個窗口嗎？傳統的文學大媒介（如報紙副刊）真可能被網路上的文學網站所取代嗎？這個答案，至少在現在來看，仍是否定的。

網路上的文學傳播，基本上是個新興的傳播形態。大體上說，臺灣當前的文學傳播形態已與過去不同。九〇年代之前，文學傳播媒介主要是報紙副刊、文學雜誌與文學出版，之後則必須加入文學網路媒介。從 BBS 站開始的校園網路文學傳播是這個新形態文學傳播的尖兵，校園文學新秀透過 BBS 發表作品，無論成熟與否，最少在書寫過程中排除了平面媒介守門人的管制與介入，從而可以更自由、更自主地建立新的文本風格，這使得網路的「去規範」特質發揮無疑。文學書寫的某些典範逐漸遭到改寫、遊戲規則也逐漸回到擁有網路的「遊戲者」手中，傳統的文學傳播模式因而受到了挑戰。

但即使如此，這種挑戰也是微弱的。尤其WWW網頁瀏覽形式勃興之後，開始出現具有規模、且集合多元資訊的文學專業網站，出現平面媒介轉化的文學資訊網站，以及知名作家個人網頁，一下子又吸引了網路瀏覽者的目光，而沖淡了BBS站的網路書寫影響力量，文學網路傳播的主導權，看來還是掌握在既有的文化霸權手中；尤其從網路文學社群的集聚現象看，知名度、影響力和更多元、更快速、更親切的接近使用，使得它們的傳播功能更易發揮、集結力量更強，文學網路媒介到這裡出現了新的模式：一方面這些網路媒介保有異於平面媒介主流論述傾向大眾化的另類特質；一方面卻又依循主流媒介去取內容、決定文本的權力。個人媒介雖然也在這同時大量出現，但這些新的網路文學社群則輕易地掩蓋了個人媒介「去中心」的力量，成為網路世界中文學媒介的主要灘頭，一個「網路文人圈」因焉出現。

跟著網路的快速發展，臺灣的網路開始出現所謂「商機」，一九九九年到達最高峰，舊有的大媒介終於注意到了網路傳播新興的商業力量。於是我們看到幾家平面媒介如《中國時報》、《聯合報》等紛紛投入網路資訊服務，副刊和文學資訊每日上網，這些大型的新聞資訊臺，背後就是大媒介，以已有的媒介影響力，同樣可在網路之中呼風喚雨，招徠並繼續影響網路瀏覽者。過去非網路年代的文化領導權，繼續進駐網路世界，以大眾讀者為對象的文學內容，成為事實上也以大眾文化為主體的網路新貴。除此之外，我們還可以看到純為網路媒介的「明日報」初期雖曾出現「網路副刊」，但隨後就因瀏覽者點用率低而取消，這個早夭的「網路副刊」實則暗喻了文學網路傳播功能的低迷，也明示了網路真正的特質還是建築在大眾的、通俗的、商業的基礎之上。與此類似的是「明日書城」❶，該網站由產業集團出資建站，購買眾多作家文學著作網路版權，提供瀏覽者免費閱讀使用，可說是當前集結主流作家、文本內容最豐富的文學網路媒介。同樣的，這個網站與大媒介的形態略近，基本上仍以拷貝主流論述，建構文學領導權為傳播取向，以期待於可能的具有大眾化和商業化特質的網路商機。

由這個觀察來看，臺灣的文學網路傳播媒介其實就是實體社會的映像。在實體社會中，副刊、大出版社主導了文學傳播的走向，也主導了文學風潮與書寫主流；在虛擬世

❶ 「明日書城」現已改名「空中書城」：http://book.tomor.com/

界的網路中，文學傳播的主力，還是這些具有豐富資源、財力與人力的媒介。在實體世界中，同仁刊物（如臺灣的大小詩刊）艱苦生存，文學新人竄升不易，文學社群與重要作家形成壟斷書寫權力的主要來源；在虛擬世界中，這樣的文化主導權依然屹立不搖。

網路，作為新興以及將來勢必取代舊媒介的傳媒，本來被傳播學者期待可望扮演「資訊社會」(Information society) 的推手。資訊可能取代資本，人們可以因此共享跨國界的可聽圖文、可視圖文及電子圖文互聯傳播，達到「知識多元主義 (Intellectual pluralism) 和個人化控制傳播」(D. McQuail) 的理想。不過，最少就本文觀察的臺灣文學網路傳播現象看來，這樣的網路烏托邦顯然仍然遙遙無期。在眾聲喧譁、百花齊放的網路之中，我們看到的文學網猶如侷促陰寒角落的小花，只能發出幽微寒光，苦苦等待雨露，佇候黎明。

——原刊《誠品好讀》，第八期，二〇〇一年三月一日

網路新島嶼

——為「文學咖啡屋」第五波「網路創作大競技」而寫

一九七六年，我開始運用母語創作一系列臺語詩時，整個環境（文學的與政治的）都相當不利，臺語在當時的氛圍之中，猶如異端，甚或洪流猛獸，在詩壇被視為「不入流」的語言，是狹隘的書寫，連當時重要的本土文學雜誌守門人也有「不宜為之」的看法；而在政治上，使用臺語書寫則有如「共匪同路人」，是一種對意識形態國家機器的侮辱與挑戰。二十多年下來，如今臺語詩書寫澎湃怒放，社會也持樂觀其成、多元開放的心態對應，異端也者、猛獸也者，在具有創造力和想像力的社會中都被接納了。

一九九八年十月，我開始「網路詩」的習作，並創設了「臺灣網路詩實驗室」❶網站，當時的網路文學條件不如今天，從事超文本「網路詩」創作的詩人寥寥可數，憑著

❶ http://home.kimo.com.tw/poettaiwan/

摸索和學習，我嘗試改作過去寫的詩，配合有限的程式語言和寫作網頁的貧瘠經驗，加以再處理，勉強試作了一些「網路詩」。在我的想法中，媒介改變了，內容和意義其實也會隨著改變。平面文本的詩，在介入了網路科技的媒介表現之後，它的內容、意義顯然也會產生質變。「網路詩」，作為結合文字、圖像、聲音乃至動畫等多文本的一種書寫形式，當然預示著詩文本和文類的新的歧出，而它的意義，在於解放和開發。這也許是文學創作的一條新的路徑的開始。

從九〇年代中期的「網路詩」創作，至今仍屬草萊初闢階段。猶如當年寫作臺語詩，我在從事網路詩習作過程中，一樣感覺到新文體、新文類初初開始時外界的懷疑和焦慮。好的是，沒了政治的涉入，多了科技的期許，網路詩的作者至今無多，但創作空間和社會的關注（包括媒介的重視、學界的討論）均不致讓創作者感到孤獨；遺憾的則是，由於超文本創作具有難度，難以普及，加入行列者甚少，青年新銳不多，難免使得這種超文本創作欠缺波瀾壯闊的新興氣勢，也更讓外界質疑，網路詩、超文本發展的「前景」在哪裡？

正如同「文學咖啡屋」「網路創作大競技」這五次展出以來網路回應作品所呈現的事

實，超文本的作品仍然有限，新手不多，顯示在網路時代到來的同時，文學書寫者的不習慣與超文本的重重障礙。不過，我相信，這也只是一時的現象，當新媒介融入人們的日常生活成為必要的「用品」之後，超文本書寫及其變化將會產生我們今天意想不到的景觀。我期待網路世代的年輕朋友盡快投入這個領域，在網路中書寫全新的島嶼。

參展的拙作中，〈四句聯〉是我的第一首純以超文本思考書寫的作品，聲音和語言的跳躍，暗藏在按鈕中的文本的翻轉，是這首網路詩意圖呈現的趣味。《詩經》的字句、八掌溪事件的悲劇以及文本翻轉後的嘲諷，都在其中；〈一首被撕裂的詩〉則是舊作翻新，五年前我以圖檔變化呈現，這次則以 FLASH 動畫表現詩的圖像拼貼與遊戲趣味，各有詮解；〈在公佈欄下腳〉原來是臺語詩，寫於一九八五年，是一首為勞工說話的寫實主義的詩，如今通過 JavaScript 語言轉化，勞工心聲隱藏在黑暗的所在，瀏覽者必須執鏡「偷窺」，益見悲哀。鄭曉真的解讀說「除了滿足了讀者的窺視癖之外，更重要的，它還造成了左右兩個文本諷刺矛盾的辯證交流作用」，相當深刻。它如〈大雪〉的圖像紛飛、文本流動，暗喻流亡者的流離、流浪、流盪、流散；〈小滿〉的鏡像處理，〈水歌〉的圖像淡出與淡入、遞漸與交融，都希望通過圖像變動轉喻詩的指涉。至於〈城市・黎明〉則是界於平面文本（圖像詩）和超文本（以文字為圖像畫素）之間的作品，原本希望提供挑戰者在不熟悉超文本創作的情況下投稿的參考，也有將平面文本常見的圖像詩（包括BBS 上的圖像詩）納入超文本創作範域的意圖。

總之，這些作品都只是實驗，圖像、文字和聲音，因為網路而媒合，成為詩的另一種可能，文學的另一個途徑。數位紀元的文學新世界，可能因此開展出一道新的曙光來。而以這些拙作為例，現實主義的社會寫實批判，在後現代主義書寫的形式下，一樣可以彰顯具現，並無衝突。

感謝展出期間許多網友的參與和挑戰，還有更多純粹的瀏覽者，我可以感覺到通過滑鼠，網路背後更多心靈的想像和挑戰。鄭力承的〈……〉改寫自我的詩作〈×與○的是非題〉，原作寫於戒嚴年代，寫給捍衛司法尊嚴的高新武，在鄭力承的 FLASH 動畫處理下，加上聲音，別有餘味，甚是難得；向雲的〈奔〉同樣以 FLASH 處理，流動的詩句，表現了超文本的基本原理；鄭曉真的〈轉移擴散的對立書寫〉對於拙作〈在公佈欄下腳〉的解讀深刻精闢；羅宜柔的〈評語？……〉、阿泰的〈「四句聯」，……〉針對拙作給予評價，可以看出網路互動的趣味。還有其他參展的作品，書寫和瀏覽，創作和再創作，已經在這個網路交流過程中完成❷。

——原刊《聯合報》副刊，二〇〇一年八月二十八日

❷ 向陽參展的作品與本文提及的網友挑戰作品，可見於：http://www.cca.gov.tw/coffee/author/xiangyang/index.html

千禧・預言・難

——評選「文學咖啡屋」網路徵文有感

應邀為「文學咖啡屋」網站評選網路徵文，是一次很新鮮的經驗。長期以來我有不少機會擔任各類文學獎的評審工作，從手工年代的手稿到電腦時代的文書處理稿件，都屬於平面閱讀，可以隨處展卷，隨時看稿，這次的評選卻是在網際網路上頭，使用滑鼠點選瀏覽，一個網路年代的來臨，在徵文和評選兩者的互動下，就這樣來了。

這跟千禧年（millennium）真是若合符節。新科技帶來新的書寫，是不是新的年代也將帶來新的視野？在九二一集集大震後的廢墟之上，我們可能起造怎樣的新的家園？在黑夜還沒完全褪去之際，將來會是個什麼樣的黎明？

記得我在開場的隨筆中拋出了如此的感慨：面對又名「千福年」的千禧年，將帶給臺灣千禧萬福或者千辛萬苦，現在已經難以預言了。那時我還陷入地震的肅殺之中，感覺到逝去的兩千多條生命及其靈魂的不忍遽去，以及開始展開的可能長達五、六年的重建之路，而有如何預言千禧的浩歎。

現在，我面對電腦，在網路中展讀六十個網路旅人留下的訊息，來自某一個時點某一個空間的這些文本，表現了他們面對千禧的不同「預言」，彷彿海上的光點、天際的星芒，流盪閃爍，給了我更多的啟發。我喜歡這六十個旅人不同的心境和身姿，如果容許，我寧願這六十篇全都入選。

但是即使千禧來到，預言仍將不止，一路指向更下個千禧，遊戲也是，規則還是規則，仍將持續。因此我只好依照規則挑了五篇，不代表優劣，只代表一個網路瀏覽者的感動❶：

〈倒數與預言〉提供我們在倒數等待千禧到來之際的省思，作者說「倒數的逼近不容置疑地是為了催生預言實現」，冷峻而深刻；〈依然是遷徙的時代〉以「遷徙」喻依「千禧」，小小的諧音（大概作者跟我一樣使用注音打字）指出了愈來愈會是如此的遷徙年代，

---

❶ 以下所提網路徵文作品及其內容，可詳「文學咖啡屋」網站 http://www.cca.gov.tw/coffee/a99nov/result.htm

而家園仍是跨世紀不變的真理。〈輪迴〉用詩的尋索探看文學（乃至人文的與心靈的創建）在千禧之後的願景，「每個時代都有它的大勢所歸，也都有一些被遺忘在邊緣的心靈，但這些心靈往往會在後面的時代裡發光」，這樣的預言堅定自信，本身就發光了；〈無題〉的調子帶著一些灰黑的感覺，新的年代，舊的情懷，科技的疑慮、自然的眷愛，通過作者的筆調，交織出了人類可能的隱憂：「不知道下一個要走入老照片的是誰？是鳥獸，還是我們？」這句話彷彿泛黃的照片，我們即將走入的千禧。〈夸父追日〉是一篇反預言的宣告，夸父向陽而渴死河邊。這個寓言實則也預言了千禧明日，我們追求的、企盼的、向望的，也是最終擊倒我們的。反預言，畢竟還是預言。

——原刊《聯合報》副刊，一九九九年十一月三十日

為新興文類做拓荒工作

——欣聞耕莘舉辦網路文學獎❶

欣聞耕莘即將舉辦網路文學獎，這應該是國內第一個以網路文學創作為獎項的比賽，身為網路文學的工作者，也曾應邀到耕莘上過網路詩的課，我對於耕莘寫作協會此一創舉要表示相當的喜悅和肯定❷。

網路文學在全球網際網路出現，是近年來的事，臺灣的網路文學也還在篳路藍縷階段，這種必須整合多媒材的「超文本」文類（Hypertext literature）在二〇〇〇年之後，已

❶ 本文寫於耕莘文教基金會首創「網路文學獎」之前，作為對網路文學獎項的期待，具有一定的意義，因此收錄於此。

❷ 耕莘文教基金會所辦理網路文學獎，目前已辦兩屆，所有得獎作品及評語可見於：http://www.tec.org.tw/tcf/Group/write/part_1/index.htm

逐漸成為文學書寫的另一種媒介，也是另一種文本。它和平面文本的最大差異，在於必須融合網路媒介技巧，結合聲音圖像，給予文本新的形式，同時也因為新形式的出現，可能改變或突破舊有的文學書寫內容。

網路文學有廣義、狹義之分，廣義的網路文學泛指凡是透過網際網路傳佈的文學，如痞子蔡的作品；狹義的網路文學則專指運用網路或電腦程式語言作為媒介所創作出的數位化作品，如網路詩。我不清楚耕莘舉辦的網路文學獎如何定義網路文學，但是，我認為，無論如何，獎項成立，可以鼓勵文學新銳開創出更多更大的文學版圖，則是確定的。

我鼓勵所有關心網路文學發展的朋友，有意開創新文學類型的朋友加入網路文學書寫行列。拿出作品，新的文學史張開著版圖等您進入。

——二〇〇〇年二月二日

【卷三】

打造文學新故鄉

展望「華文文學」的「前景」？

——對高行健來臺首場演講的回應

諾貝爾文學獎新科得主高行健昨天在臺北展開第一場演講，主辦單位給了他一個大題目「華文文學的前景」，可以看得出來，這對主張不要有太大使命感、不必承載太多包袱、應該丟掉各種主義的高行健來說，也真是一個沉重的包袱。包袱沉重，使得高行健的第一場演講無法盡興暢談，把「華文文學的前景」期諸一個以創作——盡興創作的作家，可能是一種典型中國文化的表徵與具現。華文文學是否會有前景？前景何在？華文文學能否在「世界」文壇中大放異彩，其實不是作家需要回答的問題，也不是作家需要關心的課題。高行健一開場就說，「這是理論家的題目」，「要做這樣的預言很困難」，善哉斯言。

作家榮耀他的國家
非國家決定他文本的成就

不過，高行健畢竟還是努力給這個大題目一些回應。在他的回應中，與其說他談的是「華文文學的前景」，不如說他是在談他的文學書寫、他的寫作態度，與他信仰的屬於個體自由而非集體認同的「一個人的聖經」：告別二十世紀的意識形態、告別現代性、告別尼采的「超人」哲學乃至於各式各樣的主義，回到個人、回到人性，真誠面對人的價值與人性的弱點，率性寫出「一個人的文學」。

這是高行健來臺第一場演講的核心，貫穿全場的意旨也是如此。因此，表面上他談的是整個華文文學的前景，實質上談的是一個獨立的作家的創作前景；嘴裡他說的是一個集體的、民族的「華文文學」，心裡他信的是一個個體的、自主的文學——不要被民族性與集體性所迷惑、羈絆、禁錮，只有回到個人的文學，文學才有前景，創作才有天地。

身為寫作上的後學，對於高行健的這個看法，我相當能夠認同。正如諾貝爾文學獎給獎單位瑞典學院院士馬悅然 (Goran Malmqvist) 所說：「諾貝爾獎不問給哪個國家的作家，而是問哪個作家寫了好作品」，文學創作是在作家孤獨的心靈中產生，不是在國家或民族的懷抱中產生。固然一個國家或一個民族會因為出現了偉大作家而受到矚目，但，是作家及其文本榮耀了他的國家、民族，而非倒過來讓國家或民族決定一個作家及其文本的成就。這恐怕才是文學藝術能超脫政治領域之外，跨越國界、種族、信仰、膚色和語言隔閡的主因。高行健的談話，與他得獎的作品《靈山》、《一個人的聖經》反覆表述的、深刻闡述的，基本上都在這個基調上作出真誠與不說謊的表白。

不過，由於高行健畢竟也針對「華文文學前景」提供了他的省思和觀察，多少觸及「華文文學」的回顧與前瞻，因而提供了臺灣文壇與他對話的一些空間，我願就他的論點提出一些回應，就教於高行健與文壇。

首先，高行健對於主要是中國文學的「華文文學」歷史發展，提出了值得我們省思的課題。他以華文文學「主要是一個文學與革命的歷史」來總結二十世紀「華文文學」的主調，強調二十世紀的華文文學都帶有強烈的使命感和革命意識，並與政治革命連帶在一起，「這個特點，幾乎貫穿整個二十世紀的中國文學史」，但是也因為如此，「可看的恰恰不是那麼革命的文學與作家」、「恰恰是與革命沒有什麼聯繫的作家」。所以，他認為，文學告別革命、告別（馬克思）歷史辯證法則、告別所有意識形態，才可能產生新的開始。這個談話，用中國當局的標準看相當反動，也是對中國在過去的世紀中意圖以毛澤東延安文藝會談的「政策」統帥文學的總體批判。我深深認同他的看法。

現代性在華文文學發展
中國和臺灣文學有歧出

其次，高行健談到「現代性」的問題，認為現代性（西方的現代主義及後現代主義）並未在「華文文學」中有所發展，這是一個有趣的說法，可以討論。如果從中國新文學發展的脈絡去看，在中國，文學革命初期幾乎就是以西方文學為表率，學習西方新文學創作模式，直到三〇年代象徵主義、現代主義等西方「主義」的模仿都還與左翼的寫實主義文學分庭亢禮，互爭千秋，直到中華人民共和國建國之後，才因為政治抑壓和文革鬥爭銷聲，而於文革後重又與西方接枝。因此「現代性」在中國有斷裂現象，倒不必然完全沒有發展。即使以高行健的作品言，他的作品就弔詭地充滿著「現代性」。而臺灣與中國的新文學發展基本上是兩條路徑的發展，百年來的臺灣新文學，由於特殊的殖民統治因素，與值中國新文學的接軌不大，與以歐美為主的現代文學的流通性強，因此從日治時期開始，國際左翼文學與現代文學的對話就已經開始，中間雖然歷經日本皇民化運動、國民黨白色恐怖年代的政治干擾，受到政治迫害與打壓的文學反而是現實主義的、革命性的，與具有民族性的作品，而得以順利發展的則是脫政治、去政治的現代性文學。這是中國文學發展與臺灣文學發展最大的歧出，或許無法一概而論。

我當然理解，高行健強調超越「現代性」的意含，不在於現代性本身，而在於「現代性」已經成為一個所謂的「原則」的嚴重弊端，為現代而現代，為後現代而後現代，的確是當代文學書寫的弊病之一，導致作家不能面對文學真實、社會真實與個人心靈真實，寫出真正的人的文學，結果成為僵斃的、空洞的文學；另一個弊端，則是高行健也提到的現代性「商品化」的問題。這是在西方資本主義籠罩下世界文學共同面臨的嚴酷考驗。在文化工業不斷複製、拷貝並且產銷文化產品以追求資本利潤之下，個人的、真誠的、嚴肅的文學同樣會遭到「現代性」這個被文化工業巧妙包裝的符號所湮滅。這是值得文學書寫者思考，也值得文學閱讀者檢視的課題。

第三，高行健提到「民族性」與集體認同，恐怕也是一個難以釐清的議題，畢竟整個世界還存在著國家的界域，種族、語言和文化的鴻溝，在「全球化」仍未完成之前，「民族性」是邊緣、弱小或落後國家僅存的自衛的工具。民族性從反面來看可能是地區的、排外的、狹隘的；從正面看，它則是這個人類世界還能擁有多樣性、多元性的豐饒景觀的原因和動力。如果一個國家、民族、種族輕易放棄「民族性」，在目前以西方文化霸權為主流的國際資本主義的環境中，勢必加速萎縮乃至滅絕。文學的可貴，既如高行健所說，在於人的自由，所以必須放棄主義、政治原則，才能獲得自由，但此一自由應該也是個體的獨立、歧出，以保護個體免於被集體所強暴；同理，個別的國家、民族與種族的「民族性」也應該獲得自由伸展的空間，能夠獨立、歧出於整個以西方文化霸權為標準的「全球化」風潮（或「原則」、「主義」）之外。否則，何需談論其實具有相當強烈民族和種族主義內涵的「華文」文學？何需於世界文學之外別以華文書寫？

世界性會不會也是陷阱
使大多數個體的文學陷於消亡

我相信高行健了解這個由個體自由伸展出來的弔詭性的質疑。如他所說，「民族性恰恰是一個陷阱，恰恰是一個政治的陷阱」，會使得文學陷於消亡；反過來說，世界性、國際性會不會也是一個陷阱、一個政治的陷阱，會使絕大多數的個體的、種族的、民族的文學陷於消亡，而獨厚於少數的「國際性」、「全球性」建構者的文化霸權國家或民族？這大概也是值得「華文」作家思考的課題吧。

總體上，我相當認同高行健的文學省思與觀點，部分來自於他拋掉主義、拋掉意識形態（不過，這也是一種意識形態）堅持個人書寫自由的論點，但更多的則來自他勇敢的反抗集體的壓力、政治的宰制，用真實的自我寫自己想說的、想要的天堂。他以自己的作品面對自己的人生，走自己的路、說自己的話、作一個自由獨立的個體，包括在這場以「華文文學的前景」為題的演講中坦率直陳，「華文文學的前景是什麼？我沒有答案。」

——原刊《自由時報》副刊，二〇〇一年二月四日

附錄二：文學、翻譯和臺灣

——向陽專訪瑞典學院院士馬悅然

向陽：馬院士，您好，我們都知道，您是瑞典學院的院士，而且是國際聞名的漢學家，多年來您擔任諾貝爾文學獎評審工作，對於諾貝爾文學獎的嚴謹給獎過程相當了解。可否請您在不違反諾貝爾文學獎評審準則的範圍內，告訴臺灣廣大的文學愛好者，諾貝爾文學獎須給一位作家之前，整個評審作業的過程如何。比如，具體地說，一九六八年，日本小說家川端康成以《雪國》、《千羽鶴》、《古都》榮獲諾貝爾獎。您曾跟我提過，瑞典學院須獎給川端之前，有一段繁複而嚴謹的過程，可否請您詳細說明？

關於川端康成的得獎，的確為諾貝爾文學獎給獎的嚴謹和費時提供了最好的說明。

馬悅然：關於川端康成的得獎，的確為諾貝爾文學獎給獎的嚴謹和費時提供了最好的說明。由於川端得獎的過程已經公開，因此我可以加以敘述。事實上，早在一九六一年，瑞典學院就已委託院外一位深諳川端文學的瑞典作家與評論家進行初步調查，這位卓越的作家對日本文學有著極深的造詣，並且精通日文。他根據川端康成被翻譯成德文、英文和法文的作品，向瑞典學院表示高度的讚賞。而這樣的評價也獲得另外三位這個領域中傑出的專家的支持，他們在接受學院的請託提出對當代日本文學的報告中，肯定了川端的文學成就。這三位專家分別是美國哈佛大學的希貝特教授(Howard S. Hibbett)、哥倫比亞大學的唐納金教授(Donald Keene)和日本學者伊藤整。希貝特教授的報告，把重心放在谷崎潤一郎（一九五八年首次由賽珍珠 Pearl Buck 所推薦的日本作家）和川端康成兩人之上，認為他們是世界級的作家；唐納金教授推薦川端和三島由紀夫，而偏愛於兩人中年紀較長的川端；伊藤整的結論則是，在谷崎於一九六五年過世後，夠資格拿諾貝爾獎的日本作家就只有川端康成了。

接下來，瑞典學院開始評估種類繁多而又互有差異的川端康成作品的歐文譯本的品質。根據這些資料，以及院士各自對川端作品譯本的審閱，瑞典學院才做出了第二次超越歐洲視野的給獎決定（第一次頒獎給非歐洲語文的作家是一九一三年得獎的泰戈爾Rabindranath Tagore）。不過，必須注意的是，泰戈爾並非以印度作家，而是以英國的皇家文學協會成員身分獲得提名，而且學院最後的決審乃是根據泰戈爾自己的英文版本《吉壇迦利》（*Gitanjali*），原作是孟加拉文。雖然瑞典學院有位院士學過孟加拉文，但沒有跡象顯示他曾經評價原作的優點。當年諾貝爾獎頒給泰戈爾的得獎評定書是這樣說的：由於他深沉敏感的、清新的、美麗的詩篇，透過高超的技巧，他用自己的英文把他的詩想造成西方文學組成的一個部分。

向陽：從川端康成得獎的這個過程看來，有評論者認為，川端作為以東方語文寫作的作家而得到諾貝爾獎的肯定，在於他表現了東方世界（或日本）的特色，這是一向以西方國家語文為重的諾貝爾獎為了彌補不足的一個結果；也有研究者，如日本的文學評論家武田勝彥，認為川端的得獎，是因為他的作品表現除了東方世界的傳統價值、直觀、非邏輯性以及孤絕的特色之外，還具有西方文化的特質（而且與歐洲各國近似）。這兩種說法，您的看法如何？諾貝爾獎對於東方世界的文學抱持著怎樣的態度？

馬悅然：川端文學的特質是在他偉大的敏感性，以及強烈地表現在他所有作品中的、深植於傳統日本文化的唯美主義。我相當驚訝為什麼日本文學評論家武田勝彥會有「川端的文學表現了西方文學常見的文化特質」的這種見解？另一位得到諾貝爾獎的日本作家大江健三郎，也曾被質疑是有意識地改變他的風格以迎合西方讀者。我不相信是這樣。瑞典學院贈與諾貝爾獎的唯一標準，就是文學的卓越，這已充分顯示在我們頒給川端和大江的給獎評定書中。

關於川端的評語是：由於他小說敘事中帶有強大的感性的完熟，表現出了日本的心的神髓。關於大江的則是：他以詩的力量創造了一個意象世界，在其中，生命和神話濃縮成一幅令人不安的今日人類困境的圖畫。

向陽：從六八年至今已經三十年，三十年來除了川端和大江以外，整個東方世界再也沒有作家得到諾貝爾獎，雖然近幾年來常常傳出中國詩人北島可能得獎的訊息，但都未成為事實。能不能請您談談，為什麼東方作家這麼難以獲得諾貝爾獎？是因為他們的作品水準不足？還是因為諾貝爾獎只看到西方作家？

當時的諾貝爾獎也被批評帶有強烈的「歐洲中心偏見」。

馬悅然：要回答你這個問題，我必須多費點唇舌。從諾貝爾獎的歷史來看，部分頒發於一九〇一到一九二九年的文學獎曾受到嚴厲的批評，並且也不過分。因為當時得獎的一些作家今天已被淘汰，他們的作品也已被認為不值一讀。當時的諾貝爾獎也被批評帶有強烈的「歐洲中心偏見」(Eurocentric Bias)，這二十九位得獎者中，有五位法國作家、五位德國作家、三位挪威作家，西班牙、波蘭、義大利、英國、瑞典和丹麥都各有兩位作家得獎；而二十九位中又有七位是斯堪的那維亞作家，部分甚至不為非斯堪的那維亞的讀者所熟知。這二十九年中，只有一九一三年的得獎者泰戈爾是歐洲以外的作家。

到了三〇年代，這種「歐洲中心偏見」才因為頒獎給三位美國作家而被打破。他們是辛克萊・路意斯(Sinclair Lewis, 1930)、尤金・歐尼爾(Eugene O'Neill, 1936)和賽珍珠(Pearl Buck, 1938)，其中賽珍珠獲獎還引起了爭議。賽珍珠得獎，是因為她豐富並且真實地對中國農民的生活作了史詩般的描寫、以及她自傳式的佳構。這當然歸因於她的小說《大地》(*The Good Earth*, 1931)和她的自傳《放逐》(*The Exile*, 1936)、《戰鬥的天使》(*The

Fighting Angle, 1937)。事後之明 (hindsight) 比起先見之明 (foresight) 簡單得多了，瑞典學院事實上很難為賽珍珠其後文學上的失敗負責。有人認為，沈從文早在賽珍珠得獎之前就出版了一些他最好的作品，卻不幸未能得獎，這種說法也是無稽之談。沈從文的小說《邊城》，發表於一九三四年，但直到一九四七年才被翻譯成英文。沈從文在整個三〇年代乃是不為中國以外的世界所知的作家，當時中國大陸的政治迫害嚴重地限制了他的讀者層；而他的作品在臺灣，也因為奇怪的理由，直到一九八七年之後才解禁。

諾貝爾文學獎從一九四〇到一九四三年未曾頒發，從一九四四年開始至今，就很難再質疑這個獎曾經給過哪個不適當的作家了。一九四五年，諾貝爾獎首次頒給來自拉丁美洲的作家（智利的米斯特拉爾 Gabriela Mistral）；此後，有三位居住在非洲大陸的作家得獎（奈及利亞的索因卡 Wole Soyinka, 1986；埃及的馬幅茲 Naguib Mahfouz, 1988；和南非的戈迪默 Nadime Gordimer, 1991）。一九九〇年的得主是墨西哥的帕茲 (Octavio Paz)，一九九二年給了聖路西亞的渥爾科特 (Derek Walcot)，一九九四年則是日本作家大江健三郎。所謂「歐洲中心偏見」從而就不再那麼明顯了，不過還有待繼續改進。

我們從未考慮諾貝爾獎一定要頒給哪個國家，來讓它能自豪於擁有悠久的、光榮的文化傳統；諾貝爾獎是要頒授給一個以文學成就出類拔萃的獨立作家。

諾貝爾獎絕對不能有所誤失於全世界文學中的頂尖作家。瑞典學院在這方面所能期許去達成的，就是把諾貝爾獎頒給許多卓絕的作家中的一位。我們從未考慮諾貝爾獎一定要頒給哪個國家，來讓它能自豪於擁有悠久的、光榮的文化傳統；諾貝爾獎是要頒授給一個以文學成就出類拔萃的獨立作家。瑞典學院的院士們不會去掃描世界地圖，找尋有哪個國家、哪個國家的公民還沒有得過諾貝爾獎；但是，學院的所有院士的確高度關心，這個獎還沒給過使用某些世界主要語言（如華文、印地文 Hindi 和印尼巴哈沙文 Bahasa Indonesia）寫作的文學家。

向陽：不過，語文因素似乎也會影響諾貝爾獎的給獎，瑞典學院在這方面，對於那些非西方語系作家的作品如何審閱？如何處理？您在談到川端得獎的複雜過程中，也似乎透露了川端的作品能受到西方的注目，跟他擁有數量相當多的歐洲語系譯本（與評論）

有些關聯。這些譯本和評論，使得東方作家的川端康成因而能夠被西方文學界接受。顯然地，東方文學作品的翻譯和介紹，對於能不能獲得諾貝爾獎肯定還是具有決定性的作用。您認為呢？

馬悅然：瑞典學院十八位院士的語文掌握能力涵蓋了主要的歐洲語文（丹麥文、挪威文、德文、荷蘭文、英文、法文、西班牙文、葡萄牙文、義大利文、俄文、波蘭文），以及只有一位懂得的華文。每當學院院士收到使用不懂的語文寫出的文學作品時，我們會找院外的專家來協助，通常我們會邀請在瑞典的大學中研究印度、亞洲和非洲語言、文學的學者，定期來學院就他們各自研究領域中所熟知的當代文學提出報告。假使在瑞典境內找不到相關的專家，學院就會盡其可能在國外尋求這方面的權威來協助，如同先前我跟你提及的川端康成得獎的例子。

一個使用他或她自己的語文寫作的亞洲作家的作品，為了能被西方世界所了解，並且獲得賞識，當然必須依靠能夠稱職表現出原作神髓的譯本。不過，一流的翻譯本通常幾乎都是來自翻譯者真心喜愛原作的結晶，相對於商業性的翻譯，翻譯文學作品的報酬通常極低，這導致了許多有抱負的翻譯者最後放棄翻譯一途的令人遺憾的事實；再加上要說服出版人接受外國文學翻譯本的出版，也絕非易事，許多西方的大學不承認翻譯工作的學術價值。

幸好，近十年來西方對於亞洲文學的興趣大為提高，我也要很高興地指出，現在西方年輕而又具有高度資格、且準備投入翻譯工作的學者，已經愈來愈多。

向陽：那麼，身為諾貝爾文學獎唯一深諳華文的評審委員，您對整個中國與臺灣的華文文學（從三〇年代至今）也都相當熟悉，並且具有深入的研究，能不能請您談談您對華文文學整體的（或者個別的）觀感？您認為，華文文學的創作水平與西方世界相較，有無不足之處？不足在哪裡？

這個世界，只有「好的文學」和「壞的文學」的區別。

馬悅然：我的確對華文文學抱有非常高的關心，包括古典的、中世紀的、現代的與當代的。世界最偉大的經典之作部分是用中文寫出來的，如《左傳》、《莊子》，如唐宋的詩家（李白、杜甫、蘇軾和辛棄疾等眾多名家），以及明清時代產生的偉大小說，特別是吳承恩的《西遊記》，以及曹雪芹的《紅樓夢》。而截至一九四九年之前的現代中，我們也可以發現品質已達世界文學頂尖水準的作品，如魯迅的《吶喊》，聞一多的詩集《死水》，沈從文的《邊城》、《長河》與《從文自傳》，李劼人的三部曲小說《死水微瀾》、《暴風雨前》和《大波》，艾青寫於三〇年代後期的詩，馮至的十四行詩，卞之琳的細緻的詩，以及巴金的小說《寒夜》。這些作品當中的部分都堅定地泊靠著當時的社會環境，從而帶出了他們的中國特色（Chinese-ness）。

我從閱讀當代中國文學（包括大陸與臺灣）得到的一個印象是，中國特色的程度已經大為稀薄。我願再一次強調，我個人認為，我們已經不再需要去區辨大陸文學和臺灣文學之間、乃至華文文學和世界文學之間的差異。這個世界，只有「好的文學」（good literature）和「壞的文學」（bad literature）的區別。好的文學，型塑於作家的深度、創意、真實、美和正直；壞的文學，則是膚淺的、模仿的、虛假的、粗俗的並且缺乏真誠的作品。而這兩者都可能被寫在所有不同的語文中。

向陽：臺灣的文學界都知道您長年來相當鼓勵、並關心臺灣文學，您也翻譯了不少臺灣詩人的作品，您是否願意告訴臺灣的讀者，您對臺灣當前的文學表現整體看法如何？您對臺灣文學界有沒有什麼建議？還有，您認為臺灣社會（或者政府）能為臺灣文學界做些什麼事？

馬悅然：真的，我的確對臺灣文學，尤其詩，抱有很大的興趣。幾個月前，我才剛把我編譯的瑞典文《現代臺灣詩選》書稿交給瑞典一家重要的出版社。這本詩選收錄紀弦、洛夫、瘂弦、余光中、商禽、楊牧、羅青和女詩人夏宇等人的詩。就我來看，這些詩人的作品都具備著深度、創意與文學的質地，與西方詩壇所能提供的最佳作品足以等類齊觀，而像這樣卓越的臺灣詩人名單還能列得更長一些。

最近這幾年，當代臺灣詩人的作品英譯已經常常出現，主要是在包括兩個或者兩個以上的詩人的詩選，不過也有翻譯個別詩人的詩選，例如奚密 (Michelle Yeh) 關於楊牧詩選的有份量的翻譯 (*No Trace of the Gardener*, Yale University Press, 1998)。陶忘機 (John Balcom) 也在「中國筆會」季刊 (*The Chinese Pen*) 發表了大量的臺灣詩人作品翻譯，比較可惜的是，「中國筆會」季刊的外國讀者稍微有限。

我認為，中華民國政府的文化單位應該可以在推動臺灣文學傳播（以及整體的文化）方面，扮演較諸現在更重要的角色。臺灣的政府可以經由以下的幾個途徑來達到這個理想：一、提供給優秀傑出的當代臺灣文學翻譯者不帶任何條件的、大方的獎助和補助金；二、支持一切以當代臺灣文學為主體的研討會和大型會議的召開；三、經由選集的形式，重新印行那些已經發表在刊物上，卻又不易為西方讀者看到的好的翻譯作品。

向陽：我相信臺灣文學界一定會感動於您的主動推動臺灣文學外譯工作，除了您親自編譯的瑞典文詩選譯本之外，承蒙您看得起，要我和奚密教授參加另一個由您主持的英譯《臺灣現代詩選》編輯工作。今年五月，我們已經在紐約哥倫比亞大學會面，並在王德威教授的介紹下和哥大出版社談好明年由該校出書的事宜。我相當敬佩您爭取臺灣詩人翻譯出版的認真態度。在紐約那幾天，您、奚密教授和我討論入選名單的謹慎過程，我至今難忘。您爭取了哥大同意用五百頁的篇幅、精裝出版臺灣詩選，能否請您告訴臺灣讀者，您不計勞苦，推動並承擔如此浩大工作的想法？

我急切希望趕快讓臺灣現代及當代的詩廣為西方世界所知。

馬悅然：是的，英譯《臺灣現代詩選》(*The Anthology of Modern Chinese Poetry from Taiwan*) 的確是我相當關心的事，我急切希望趕快讓臺灣現代及當代的詩廣為西方世界所知。前不久美國哥倫比亞大學出版社已經確認出版這部詩選，蔣經國基金會也贊助了詩選的編選經費；而包括原作與英譯本導論中譯的臺灣版（繁體中文版）則將與英譯本同時推出。此外，英譯本編委會還希望大陸的出版社出版簡體中文版，如果這項計畫能夠實現，我會請求我的老友，傑出的四川詩人流沙河，為大陸版特別撰寫一篇短序。流沙河是一個相當正直的人，過去作了相當多把臺灣現代詩推介給大陸讀者的工作。

向陽：現在，英譯《臺灣現代詩選》已經完成徵求入選詩人同意和寄發自選稿件的階段，接下來將是翻譯的部分，您寄給我的信中，多半總會告訴我，哪個詩人您已經找了哪一個翻譯家翻譯他的作品，我們選了五十人，您都得幫這五十位詩人找到合適的譯者；將來選詩、審定譯稿，您和奚密教授也得花費相當精力，一定相當辛苦。您認為，這工作對推動臺灣文學對國際社會中的幫忙大不大？光只是英文的翻譯，就如此耗損您的心力，有沒有可能，以英譯《臺灣現代詩選》作為基礎，進一步進行瑞典文、德文、法文與西班牙文的翻譯？

馬悅然：我相當樂於告訴臺灣的讀者，我們編選的英譯本《臺灣現代詩選》現在正在進行中，並且相當順利而令人滿意。我們第一階段的工作是挑選五十位詩人進入這本選集，這是相當不容易的事。限制在五十人的原因，一方面是出版社不希望這部選集的篇幅超出五百頁，一方面是我們希望給予選入詩人比較足夠的空間。每位詩人最少有五頁兩百行，最多有二十頁約八百行的篇幅來展示他們的作品。我很能理解，一定有不少詩人為了未被選入而難過，但是我確信，在可以預見的將來，這部詩選必會帶來其他類似選集的出現，從而使得臺灣文學的豐富性受到更多的注目與探究。

這個計畫的第二步，就是得為這個重大工作找尋合適的譯者。目前已經有十九位足堪勝任中文詩作翻譯的譯者同意加入計畫，我感覺得到，他們都有著參與的熱誠，這使得我們編委會的三位成員受到鼓勵，沒有這股勁，像這種大的計畫是不可能成功的。

我有著極大的信心，我們的詩選將會成為一股動力，帶來其他語文譯本，例如德文、法文、義大利文、西班牙文……等版本的出現。等到這本詩選出版後，全世界喜愛詩的讀者一定會發現臺灣詩的富饒多汁與精美的品質。

向陽：最後，要感謝您為臺灣現代詩壇、為臺灣文學所做的一切。我知道您十月中旬應東華大學文學院院長楊牧的邀請，會到花蓮東華大學作三場重要演講，預祝您演講成功，花蓮的山風海雨一定也會手舞足蹈，歡迎您的訪臺。

馬悅然：我也期待著即將來到的臺灣之行。從一九八〇年代末期，我已多次訪臺，並且也已經享受過一次花蓮美麗的山光和海景。這次我去，特別盼望見到楊牧與陳黎，他們兩位我從未謀面，過去主要是透過詩作來認識他們，也因此非常看重他們。我也希望能夠見到你，以及蔣經國基金會的朋友，他們這十多年來為了促進及強化歐洲漢學研究做了不少事。

——原刊《自由時報》副刊，一九九八年十月九日、十日

附錄三：全球化趨勢中的世界文學走向

——向陽再訪諾貝爾文學獎評審馬悅然院士

向陽：馬院士，您好，今年諾貝爾文學獎已經公佈，由德國小說家葛拉斯得到這個舉世矚目的文學桂冠。葛拉斯得獎可謂實至名歸，而且從他首次獲得提名到今年得獎，足足等了三十年。我還記得，去年此時訪問您時，您曾提到瑞典學院頒給諾貝爾獎的過程的慎重嚴謹，由此又得到明證。能不能請您以葛拉斯獲獎為例子，說明葛拉斯為什麼等了三十年才得獎？瑞典學院的院士們對於葛拉斯的文學作品評價如何？沒有其他作家能像葛拉斯這樣，成功地在這個荒涼的世紀總結人類的歷史。

馬悅然：是的，葛拉斯贏得諾貝爾獎的過程的確相當漫長，讓他苦等了很多年。早在一九五九年，葛拉斯就以他「但澤三部曲」(Danzig trilogy) 的第一部小說《錫鼓》(*Die Blechtrommel*) 贏得國際文學界的肯定，其後陸續於一九六一年推出三部曲之二的《貓與老鼠》(*Katz und Maus*)，一九六三年完成三部曲之三的《狗狗的歲月》(*Hundejahre*)。葛拉斯就是以這部大河小說「但澤三部曲」建立了他足以和鮑爾 (Heinrich Boll) 分庭抗禮，作為二次世界大戰後德國兩個偉大作家之一的地位。儘管此後某些他較晚期的作品在德國內部也受到部分批評者的質疑（主要是在政治立場上），但可以肯定的是，他對當代許多國際知名作家所產生的巨大影響力，像魯西迪 (Salmon Rushdie)、馬奎茲 (Gaabriel Garcia Marquez)、大江健三郎 (Kenzaburo Oe) 和戈迪默 (Nadime Gordimer) 等，以及這一代的德國作家，莫不受到他的作品啟發。可以說，沒有其他作家能像葛拉斯這樣，成功地在這個荒涼的世紀總結人類的歷史。因此在進入下個世紀之前，由葛拉斯贏得本世紀最後的一個諾貝爾獎是再妥當也不過了。

向陽：今年的諾貝爾文學獎是本世紀最後一屆，因而受到國際矚目，不過也正因為如此，有人就根據歷來的統計數字表示，自諾貝爾文學獎開始以來，共有九十六人得到這個榮譽，其中法國作家共有十二人得獎居冠，美國則以九人居於亞軍；再加上其他歐洲國家（如英國、德國、瑞典、義大利、西班牙、俄國、丹麥、挪威、波蘭、愛爾蘭等），則歐美作家就佔了七十一人，達四分之三比例，每四個得獎者就有三個人出自歐洲和美國。總體上也顯現了您在去年提到諾貝爾獎有意擺脫「歐洲中心偏見」的說法；但從數據上看，也許不盡合理，也有人從亞洲和非洲的角度看，認為其中似乎還是有著「歐美中心偏見」的感覺。您能否就這樣的質疑提出一些說明。

東西方文學的平衡最後將被達成，所有偏見也會消弭於無形。

馬悅然：這是很遺憾的事實，的確，在九十六屆的諾貝爾文學獎名單上顯示了明顯的「歐洲中心偏見」，這是無可否認的。但之所以如此，理由其實很清楚，簡單地說，就是因為非歐洲語文的文學作品開始被翻譯成西方語文還只是近十多年的事，有相當多的傑出作品較不易為瑞典學院的院士接觸。我誠摯地希望，在不久的將來，這種令人遺憾的狀況能夠有所改善。

不過，這可能更需要那些語文仍不容易獲得西方世界讀者了解的國家的文化當局全心全力的支持。我認為，這些國家如何把自己國內優秀的文學作品翻譯出來，讓西方世界了解，是刻不容緩的。除此之外，在翻譯過程中，也要謹慎選擇翻譯者，要找到那些真正傑出優秀而又真心喜愛他們所翻譯的作品的譯者，來承擔翻譯工作，才能相得益彰。畢竟，拙劣的翻譯對好作品傷害太大，找了不合適的翻譯者，不如不翻譯。

值得欣慰的是，我要附帶說明一下，從一九八二年之後，外界所說的「歐洲中心偏見」印記已經不再存在於諾貝爾文學獎之中了。我們從實際給獎的名單來看，從一九八二年到一九九九年這十八屆得獎者中，有七屆得獎者來自非歐洲、非美國的作家。一九八二年是馬奎茲，一九八六年是索因卡（Wole Soyinka），一九八八年是馬幅茲（Naguib Mahfouz），一九九〇年是帕茲（Octavio Paz），一九九一年是戈迪默（Nadime Gordimer），一九九二年是渥爾科特（Derek Walcott），一九九四年是大江健三郎。我相信，這樣的趨勢將會繼續下去，東西方文學的平衡最後將被達成，所有偏見也會消弭於無形。

向陽：二十世紀即將過去，您是諾貝爾評審當中唯一學貫中西，既能完全欣賞西方語文文學作品，又能徹底了解東方文化精神的評審。依您的閱讀、研究與觀察，整個世界文學在二十世紀的表現有哪些特色值得一提的？東西方文學在這個世紀內的表現有何差異？兩者之間是否存在著可以互相參考的優缺點？

類似經濟和電子傳播的全球化的趨勢，在下一個世紀將會影響到文化活動的範疇。

馬悅然：最近十年來，我們親眼目睹了相當強大的全球化趨勢，國家和國家的畛域正在逐漸消失，東方和西方世界的分野也正在縮小中，這種大潮流具體地表現在人類努力的各種領域之中，其中又特別以經濟和電子傳播領域的表現最為凸顯。因此，站在二十世紀的尾端，再回過頭去看東西方的文學差異，可能已經沒有必要了；二十世紀的世界文學表現，到了下一個世紀來臨之後，自然會有文學史家提供更清楚的分析，我想，諾貝爾文學獎得主的作品，會是其中一種依據，更多的未得獎的東西方文學佳作，也是不可忽略的依據。

往後看二十一世紀的文學，我倒是可以肯定地說，類似經濟和電子傳播的全球化的趨勢，在下一個世紀將會影響到文化活動的範疇。我堅決相信，在全球化的趨勢下，由於全球各種團體的關注，將會產生一種逐漸增強的妥協讓步，就文學而言，將不再只是以西方文學的表現為唯一的標準。到了那個時候，以歐洲主要語言寫出的文學作品被視為典範的年代就過去了。

向陽：諾貝爾獎的給獎準則和趨向一向強調一個作家的終身表現與成就，因此作家得獎必須經過時間嚴格的考驗，相當不易；從另一個角度來看，也使得比較前衛、實驗，有意挑戰主流文學書寫（如後現代主義書寫）的作家看似與諾貝爾文學獎絕緣。有人因此質疑，諾貝爾文學獎是一個保守的文學獎，無法刺激或者鼓勵世界文學的突破和創新，您認為這樣的講法有沒有道理？

馬悅然：我相當能夠了解這種質疑，諾貝爾文學獎的獎勵的確有可能造成外界這樣的印象，認為瑞典學院的評審委員在評審提名者的文學成就過程中太過保守，就像你說的，好像總是頒給已經很有成就的作家，缺乏對年輕而前衛的作家的肯定。我不知道其他的委員看法如何，最少就我來說，我個人極其樂於採取更大膽的方式來促使瑞典學院頒獎給具有高度潛力的年輕前衛作家，問題在於，目前諾貝爾獎提名名單當中，已成名的作家就有相當多有資格得獎的候選人在內，而瑞典學院一年才能頒出一個諾貝爾文學獎得獎人。這是現實問題，所謂「僧多粥少」，要完全符合理想，恐怕很困難。

向陽：展望二十一世紀，以您長久接觸世界傑出文學作品的經驗來看，您認為將來的世界文學的走向大約會是個什麼樣子？東西方文學的交流與合流是否可以期待？您對東方世界的作家懷有什麼樣的期待？

我誠懇地希望，通過好的翻譯，能夠有助於促進世界文學的交融孕生，從而為不同文化背景的文學帶來更親密的關係。

馬悅然：關於二十一世紀世界文學的走向如何，我實在不敢妄作預測。我確信的是，不管東方或者西方，只要是好的文學都將會繼續被出版、被閱讀、被重視，都會繼續存在；而東西方文學的交流與合流，正如我前面所提全球化的趨勢，當然是可以期待的。我誠懇地希望，通過好的翻譯，能夠有助於促進世界文學的交融孕生(cross-fertilization)，從而為不同文化背景的文學帶來更親密的關係。

至於我個人，身為瑞典學院中唯一懂得中文與漢學的評審委員，我早就把翻譯與交流視為我無可旁貸的責任，我願意極盡我的能力，努力將現代中國文學的珍品推薦給瑞典讀者，我用瑞典文翻譯臺灣現代詩人的選集，已經在今年出版；我與奚密和你編選的《臺灣現代詩選》英譯本（*The Anthology of Modern Chinese Poetry from Taiwan*）也將在明年由美國哥倫比亞大學出版。我相信，所有傑出的翻譯者的努力，將會持續地讓華文文學的珍品廣為西方世界所熟知。

——原刊《自由時報》副刊，一九九九年十月三十日

打造臺灣文學新故鄉

——呼應齊邦媛教授設置「國家文學館」之議

從今年春天開始，「國家文學館」的呼聲在荏弱的臺灣文壇響起，像是野地中微弱的吶喊一樣，繁華偉大的「國家」似乎沒有注意到這樣的聲音，因為來自政治鬥爭的、經濟發展的、社會衝突的各種聲音更多更強，這個國家擁有太多的政治人物，他們每天忙著處理「政治」，計算權力的重量、計較選票的多寡、計量黨派與個人勢力的消長，以至於無暇也無心去關心文學這種表面上看來屬於少數人的議題。

文學議題果真只是少數人的議題嗎？實則未必，中國國家主席江澤民最近到日本，還專程前去仙臺魯迅就讀的學校瞻臨魯迅這位中國文學巨擘的舊跡，文學可能不是江澤民關心的，但是魯迅的一切及其背後潛藏的中國新文學的光澤，卻不能不被江澤民這樣的國家領導人所忽視。因為，這最少表示了一個國家擁有的深厚的文學資產，在這個層面上，政治就不能不依靠文學來發光。臺灣的政治人物，如果能從江澤民去看魯迅這樣一則新聞中看到自己的不足，臺灣的政治才可能有真正的希望。

遺憾的是，在臺灣，這樣的政治人物太少，「國家文學館」的設置，在別的國家輕易簡單，在臺灣卻是一再延宕，足為明證。政治人物平常不理會、不關心文學發展、不在意文學家對這個國家與社會的貢獻，只知道到了選舉時刻找文學家為他們背書、為他們寫「戰歌」、寫競選文宣。文學，在他們只是工具，文學家在他們看來只是幫閒的使用人。為文學設置一個國家文學館、為文學家雕像、設紀念館，對他們來說，顯然不可思議，文學家有那麼偉大嗎？始終是立法院的政治人物不願讓國家文學館順利設館的癥結，這也是一個明證。

當今年臺大教授齊邦媛在九歌出版社創立二十週年酒會會場中大聲疾呼文學界要爭取一個「獨立、沒有意識形態爭議的國家文學館」的時候，雖然引起媒介的注意，但是政治人物是不會在意的。從齊教授呼籲至今，當中除了立委林濁水曾經在十月間為設置國家文學館舉辦公聽會以外，所有的政治人物未曾對這樣的館表示過任何關心，政治人物關心公車司機、關心勞工、關心公娼、關心所有大大小小的議題，就是不關心文學乃至其他相關的文化議題，這是國家文學館在這個國家不被重視的結構因素。政治人物其實不一定關心公車司機、勞工、公娼以及所有弱勢者的議題，他們關心的還是選票，以及這些族群匯聚起來的力量。國家文學館的設置坎坎坷坷，也就凸顯了政治人物不把文學家看成一股「力量」的基本心態。

臺灣文學界要求設置國家文學館的呼聲不被聽到，是因為臺灣文學界沒有展現他們集體的力量。在政治人物的想法中，沒有力量，就沒有份量，政治人物的粗暴，在這裡對應了文學家的軟弱。這就值得所有以文學作為終身志業的文學家嚴肅思考了。臺灣的文學家不能每天埋怨這個國家不重視文學，不能經常哀歎楊逵今天還沒有紀念館、南投縣政府要為張深切立個銅像也頻遭地方政客打壓，如果這些都是重要的，那麼臺灣的文學家為什麼要緘默以對？為什麼出來講話的文學家稀稀落落？日本有現代文學館、連鈔票上的肖像都印上了夏目漱石，中國有魯迅紀念館，臺灣在這方面差了一大截，這不能期待政治人物主動地為文學界來作，文學界如果在意，為什麼不更積極地（乃至消極地）向政治人物施壓，要求他們早日通過國家文學館的設置？

在這個層面上，我佩服齊邦媛教授向當權者發出的獅子吼，她的奔走與呼籲不只是為了文學發展，也是為了臺灣文化的長足累積。這樣的積極態度，如果不能喚醒臺灣文學界，當然就更不能說服臺灣的政治人物。因此，我願意繼踵其後，呼籲臺灣文學界的工作者加入齊邦媛的行列，採取積極的作為，全面而廣泛地向所有當權者施壓，直到國家文學館設立完成為止。這些積極的作為，簡單舉例，諸如在社團部分，臺灣筆會、中華民國筆會都可以分別連結作家，正式向臺灣的國會施壓，要求這些人民選出來的立委盡快通過設置國家文學館的法源；在媒介部分，各報文學副刊可以強化此一議題，喚醒政治人物與一般民眾的關心；在作家的部分，可以掌握手中的筆，關注國家文學館的設置過程，給予應有的監督。如果臺灣文學界沒有任何具體的行動、積極的作為，那麼臺灣沒有國家文學館，就不是政治人物或社會的責任，而是文學界自身的恥辱。

從消極的作為來看，一盤散沙的臺灣文學界，其實也可以有所作為。文學不能被政治人物工具化，因此國家文學館的設置就不該也不會是一黨一派的事情。文學工作者在這個方面可以採取不作為的態度，對於那些不支持國家文學館設置的政治人物加以消極抵制，對於那些抵制國家文學館設置的立委給予應有的嘲諷與譴責。不為缺乏文化概念、文學概念的政治人物背書，不為藐視文學、瞧不起文學工作者的政客所役使，直到國家文學館以及臺灣的文學在這個國家中獲得應有的權利為止。

我也要呼籲所有關心臺灣文學和文化發展的人，都來陪臺灣文學界走這一條向國家機器爭取文學空間的路途，為文學工作者點上無數的小燈，讓臺灣的文學家的創作心血得以延續下去，保留下去，成為後代子孫可以取用的靈糧。文學在資本主義消費市場中，已經被逼到角落，國家文學館的設置，連同設置之後所匯集的臺灣文學家的創作心血，最少可以為這個社會保留些許不受污染的精神糧食，為臺灣文學香火的延續留下一些火種，鼓舞那些在寂寞的環境中為這個社會創作不懈的文學工作者繼續堅持下去。

我願以一個文學工作者最卑微的心情呼籲，所有臺灣文學的工作者，以及所有關心臺灣文學與文化命脈的人士，都來加入催生國家文學館的行列，讓臺灣除了巨蛋之外，也能夠誕生一座獨立的、不受政治力掌控的國家文學館。在這個文學館中，從明鄭統治時期以降的臺灣新舊文學、漢文、日文、華文以及臺文文學、原住民口傳文學都被具體地展示出來，所有曾經在臺灣這塊土地創作的文學家的成果都受到完善的維護與蒐藏，所有臺灣文學和文化的研究者都可以在這裡順利取得他們研究的資料。而更重要的是，將來所有不同族群出身的作家和臺灣人民都可以在這座文學館中找到屬於臺灣的心靈的故鄉，作為一種認同，以及作為傳承與再生臺灣新文學的活水源頭。

——原刊《自由時報》副刊，一九九八年十二月七日

關於臺灣新詩史建構的課題

——在中研院文哲所「現代詩史研討會」的引言

臺灣新詩發展要從一九二三年追風（謝春木）發表日文詩作〈詩的模仿〉四首短製開始，該詩於次年四月發表於東京的《臺灣》雜誌。從這首詩的發表開始算起，臺灣新詩至今已有七十六年歷史。七十多年來，臺灣詩人的創作日豐，史料日增，學者與研究者也不在少數，然而一直未能出現一部記載新詩發展的史著，不能不令人感到遺憾。

臺灣新詩史建構的困難，主要是因為它的發展和臺灣近現代歷史的複雜弔詭有關，臺灣新詩的發展以日文書寫文本開始，就充分說明了這種複雜性與弔詭性——歷經兩個政權的統治，使臺灣文學和它背後的歷史形成一種斷裂，但在斷裂之中又有著構連，日本統治時期和國民政府統治時期是明顯的斷裂，臺灣文學家的創作聯繫未斷則是可見的構連，要處理短短六、七十年之間兩個統治政權下的文學史（詩史），當然有其複雜性；

弔詭的是，這短暫的書寫年代中，文學表述的語言，及其背後的文化認同與意識形態差異，也絕非通過一種語言的了解、一個視角的瞄準就能周延論述。這使得臺灣新詩史的建構出現了某種鴻溝，需要更大的歷史視野和理論架構，方能精準詮釋。

臺灣新詩發展以日文書寫開始，其間先後出現各種語言的轉折，大體上說，在日治時期已經有日文、中國白話文、臺灣話文三種相異的語言工具，這些語言在詩的書寫上，不但是工具，也是意識形態和文化意含的表述；戰後以國語為主要語言的書寫，以及七〇年代開始的臺語詩的書寫，同樣如此。這使得臺灣新詩發展陷入被殖民的情境，也凸顯主體性建構的認同問題。詩史的建構因而面對如何解釋的挑戰——能否清晰掌握不同年代、不同語言的新詩風潮，給予適度的評價，對於有意建構臺灣新詩史的研究者來說也形成嚴酷的考驗。

其次，撰述七十多年的臺灣新詩史，最少必須試圖解釋臺灣新詩發展的脈絡何在？這牽涉到對臺灣近現代史的充分知識和觀點，這個部分則又和兩個主體性的思考有關，一是臺灣的主體性，一是新詩的主體性。如果不能掌握臺灣的主體性，則「臺灣新詩史」的命題便無意義；如果不掌握詩人的文本與詩社群的思潮及其與政經文化風潮的互動，則「臺灣新詩史」的形貌便無法具現。因此，臺灣新詩史的撰者，面對的是如何定位臺灣主體性、如何爬梳新詩主體性的雙重難題。

第三，臺灣新詩史也面對如何定位詩人詩社歷史位置的考驗。日治時期追風、賴和、楊華、水蔭萍與戰後紀弦、覃子豪、林亨泰、白萩乃至一長串名單的詩人群，還有先後出現的詩社集群、美學主張，各有不同，互相競爭也互相顛覆，這些詩人詩社在臺灣新詩史中的地位或份量如何，要分別從他們的主張和詩的文本之中，通過文學社會學、也通過詩的美學去檢驗，最後還得放置到臺灣的歷史和政治變遷中評量。

最後，是史料的檢驗和解讀分析。最大的難題，則在日治時期日文書寫階段的相關史料漢文本的解讀，截至目前為止多半依靠翻譯，鮮少直接取自原文的閱讀和爬梳，這使得臺灣新詩發展與文本的掌握多半停留在以漢文（或已經漢譯）的詩人詩作與史料的範疇，無法釐清臺灣日治時期新詩發展的全豹，且每見錯誤解釋與扭曲閱讀的缺點，中國已出幾本臺灣新詩發展史著作都有著這種毛病。

個人以為，理想的臺灣新詩史撰述，必須採取以臺灣為主體的史觀，誠實處理臺灣歷經兩個統治年代，三種語文糾葛，同時參雜著國家、族群認同衝突的詩與社會的課題，來定位詩人詩作與詩社詩潮的歷史位置。臺灣七十餘年的新詩發展乃是眾多詩人擺盪在主體性與認同之間，尋求詩與社會對話的過程。臺灣新詩史的撰述者應該面對這樣複雜弔詭的課題，才能勾勒出臺灣新詩發展的主流與脈動。

——二○○○年十二月四日

喧譁與靜寂

——臺灣現代詩社詩刊起落小誌

臺灣的新詩發展，是從一九二三年五月追風（謝春木）以日文創作〈詩的模仿〉四首短製開始。這篇作品發表於一九二四年四月的《臺灣》雜誌（日本東京）。我曾在一篇論文中這樣說，「寫作者追風是個左翼知識青年，作品使用殖民統治者的語言，發表媒介位於殖民帝國首都，臺灣的新詩發展以如此面貌出現於歷史長廊中，與其說是巧合，毋寧還隱喻著無奈與反諷」。

事實上，整個臺灣新詩史的發展，也顯映著這樣的無奈。從日治時期到國民黨戒嚴統治時期，臺灣的新詩就是一段追尋主體建構的漫長旅途，也是一段認同倒錯的歷史書寫。它表現在詩風詩潮上，也表現在不到八十年的詩社結盟之中。

臺灣新詩有詩社之結盟，是從一九三三年起。當時由鹽分地帶詩人水蔭萍（楊熾昌）

發起成立「風車詩社」，發行《風車》詩刊，開始移植法國超現實主義於當年的臺灣詩壇，強調要以「知性的敘情」超越時空，探索內在生命。不過《風車》相當短命，只出刊一年四期，每期印刷七十五冊，便告結束，因此不管是發行量、期間或其實際影響，都屬有限，只是標誌了在臺灣詩社發展史上先發者的歷史意義。

接續著《風車》出現的，是一九四二年創設的「銀鈴會」，根據林亨泰的追述，銀鈴會一開始只是「習作的味道很濃」的學生刊物，初由臺中一中學生張彥勳、朱實、許世清等三人發起，出版油印刊物《邊緣草》，共出刊十幾期；一九四七年加入林亨泰等人，刊物更名為《潮流》，才重振旗鼓。這家詩社及其詩刊，基本上延續《風車》的主張，成為戰後臺灣「跨越語言（日語和華語）一代的詩人們」的代表，也成為銜接日治到民國統治的新詩的橋樑。

國民黨來臺之後，中國的新詩源流正式銜接到臺灣來。一九五一年鍾鼎文、紀弦、覃子豪等在《自立晚報》創刊《新詩週刊》，成為戰後臺灣第一份詩刊；一九五六年一月，紀弦在臺北創立「現代派」，糾合詩人達八十三人（其後陸續增至一百一十五人），戰後臺灣第一個詩社就此誕生。《新詩週刊》計出九十四期，整體水準齊一，不僅延續了大陸來臺詩人的創作，也開啟了戰後臺灣詩刊競爭的源流；「現代派」的成立，則在詩社和現代詩的主張上帶來此後臺灣新詩蓬勃發展的契機。從紀弦創立「現代派」，並配合機關誌《現代詩》強調現代主義，主張「新詩乃是橫的移植，而非縱的繼承」起，臺灣的新詩運動基本上就離不開詩社、詩刊與主義（或主張）這三個範疇，並因此相互競爭、反動，展開此後波濤詭譎的詩社流派和不同詩潮的起伏。

一九五四年三月由覃子豪、余光中、夏菁等人創辦的《藍星》詩刊，同年十月由張默、瘂弦、洛夫創辦的《創世紀》詩刊，因為「現代派」結社的刺激，因而也都朝向以詩的主張和同仁的結盟的方向發展，並在五〇年代形成主張現代主義的現代詩、主張抒情主義的藍星與主張超現實主義的創世紀等三個詩社鼎足而立、各領風騷的「班底」模式。班底模式因焉結構了從五〇年代到八〇年代詩壇的主要樣貌。

進入六〇年代之後，創世紀詩社以更徹底的、全面西化的超現實主義取代了「現代派」的詩壇位置，擔當了臺灣詩壇最前衛的角色。不過，也因此引起反彈，於是有一九六二年七月文曉村等結成的《葡萄園》詩刊、一九六四年六月林亨泰、陳千武、白萩等組成的《笠》詩刊的創辦。《葡萄園》由於不滿《創世紀》的西化晦澀，主張明朗化與普及化；《笠》則是結合了省籍詩人，強調詩的批判性，其後則朝向本土、現實主義發展。

不過，現實主義的高峰要等到七〇年代青年詩社崛起之後才見萌長。在這個年代中，先是一九七一—一九七二年間有《龍族》、《主流》及《大地》三個青年詩刊詩社的出現，針對當時的超現實主義與西化詩風提出強烈批判與反省，主張反身傳統、關懷現實、肯認本土、尊重世俗等現實主義詩學；其後有一九七五年羅青等人創刊《草根》，一九七九年向陽等創刊《陽光小集》，強烈標舉詩的民族性、社會性、本土性、開放性和世俗性的新路。從此臺灣新詩的書寫風格才逐漸走向寫實與本土與多元的路子。

七〇到八〇年代的這些青年詩刊多不長命，完成階段性使命之後便偃旗息鼓。除了這五個詩刊詩社之外，順手列舉還有《詩脈》、《暴風雨》、《山水》、《風燈》、《秋水》、《詩人》、《天狼星》、《大海洋》、《綠地》、《詩潮》、《八掌溪》、《掌門》、《臺灣詩季刊》、《漢廣》、《掌握》、《詩人坊》、《心臟》、《春風》、《地平線》、《兩岸》、《新陸》、《四度空間》、《曼陀羅》等多家，今仍出刊不懈者只有《秋水》、《大海洋》等詩刊。

進入九〇年代之後，臺灣已經解嚴，政治上的本土成為主流，經濟上則因為民主資本主義成熟，社會更趨多元，加上報禁解除與新媒介出現的資訊衝激，整個文化界的大眾化風潮形成，對照著這樣的社會變遷，詩壇不再像過去一樣呼風喚雨，可以明確區分主流或非主流，而是形成多元並陳，詩社解體的後現代圖式。這個階段中，較明顯的詩社有強調臺文寫作的《蕃薯》詩刊、有強調創作與詩學並重的《臺灣詩學季刊》，以學院詩人為號召的《學院詩人群年度詩集》、以女性主義為宗的《女鯨》詩刊，以及不復高標主義詩學的《植物園》、《雙子星》等詩刊。整體地說，九〇年代後，臺灣的新詩走向已經不再是結社結盟、主義是從，而是以詩人詩作的出現，表現新詩的輿圖。

因此，八〇年代之前用詩社詩刊就可以說明新詩的主要風潮；九〇年代之後則是以詩人詩作來型塑詩的風潮。九〇年代的詩風，因而也與八〇年代之前那種截然劃分的主流樣貌不同，呈現了政治詩、都市詩、臺語詩、後現代詩、大眾詩、女性詩以及新興的網路詩等多元多樣風貌。

目前仍持續出刊的詩刊，有元老級的《創世紀》、《藍星》、《笠》、《葡萄園》、《秋水》、《大海洋》，以及新興詩刊《臺灣詩學季刊》、《雙子星》、《海鷗》、《乾坤》、《女鯨》、《學院詩人群年度詩集》等，比起七、八〇年代風起雲湧的詩刊詩社，落寞不少。

——原刊《誠品好讀》，二〇〇〇年六月

母語新世界

——建構中的臺語文學

臺灣新文學的開展，與萌發於一九一七年的中國新文學運動如出一轍，都受到十九世紀末葉國際局勢與內部社會變遷的影響，並且誠如周策縱在《五四運動史》一書中所說，意圖透過文學「掀翻那停滯不前的舊傳統的基本因素，而以一種全新的文化來取代它」。

開始於一九二〇年代的臺灣新文學運動與五四運動的另一個相同點，則在於它們都面對「啟蒙運動所面對的最大課題」，一如葉石濤在《臺灣文學史綱》中所稱，「那便是改革舊語文，採用口語化的白話文，促使民眾透過易學易寫的白話文，去接受和吸收世界新思潮，發揚民族精神」。

不過，臺灣的新文學和中國五四新文學也有不同之處。作為遭到新興殖民帝國日本統治下的殖民地，臺灣的知識分子基本上面臨政治上是日本國民、種族上以中國為祖國、而現實情境則是臺灣人的三重身分認同的困擾。這三種身分認同的困境，從而結構了一九二〇年代之後臺灣新文學的複雜形貌，並成為其後新文學運動史上諸多論戰與爭辯的主軸，迄今仍未完全釐清。

要談「臺語文學」，必須先掌握這樣的歷史脈絡，方才能夠理解此一以語言與認同為書寫動機的文學類型何以八十年來起伏、中輟，卻從不間斷的原因——那就是希望以母語書寫，建構母土認同的夢與追尋。

「臺語文學」，簡單地說，就是使用臺灣語言書寫的文學創作，因此語言構成了它的主要形式，並且決定了它的主要內容。西方語言學家沙皮爾 (Sapir) 和沃夫 (Whorf) 早就指出，人類的思想過程以及世界，都是由語言的文化結構所型塑出來的。因此語言所表達的意義、反應以及再現的意識形態，乃就界定了文化的形式與內容。臺語詩的出現，早在日本統治時期就已開始，具有文學革命的目的，也具有塑造臺灣新文化的意義。這個運動，起於一九三〇年代「臺灣白話文論戰」的掀起，一九四〇年代中斷，一九七〇年代再起，到如今寫手眾多，由原先的閩南語到期後客語詩人的加入，成為當代臺灣文學的特色之一。

日本統治時期的臺語文學，基本上具有強烈的反抗日本「同化政策」色彩，「臺灣話文」相對於日文，標誌著臺灣文學家在語言上對抗日本文化霸權的積極用心；同時，由於提倡者多屬社會主義論者，臺灣話文運動也特別彰顯以「勞苦大眾」用語對抗主要是地主和士紳的資產階級文化的意義。因此，臺語文學是和臺灣新文學運動同時上場的。

一九二一年，陳端明發表〈日用文鼓吹論〉，強調「言文一致」；一九二二年，蔡培火主張採用羅馬字以「普及臺灣語文化」；一九二三年，黃呈聰強調臺灣「不要拘執如中國那樣完全的白話文，可以參加我們平常的語言，做一種折衷的白話文」，黃朝琴倡設「臺灣白話文講習會」等，都是臺灣新文學運動初期的先聲。到了一九三〇年，黃石輝在《伍人報》發表〈怎樣不提倡鄉土文學〉一文，主張臺灣作家要「用臺灣話做文、用臺灣話做詩、用臺灣話做小說、用臺灣話做歌謠，描寫臺灣的事物」；一九三一年，郭秋生發表〈建設「臺灣話文」一提案〉，強調建設「臺灣語的文字化」的重要性，呼籲文學界創造「會做文學利器的臺灣話」。黃、郭兩人的「臺灣話文」論述既出，蔚為論戰，也種下了臺語文學的種籽。不過，這個階段如曇花一現，其後日本發動戰爭，對臺推動

「皇民化運動」，禁用漢文，臺語文學創作也因此中輟，只留下少數的詩人，如賴和、楊華的臺語詩作。

第二波的臺語文學運動，要到一九七〇年代才展開。這個運動一開始是以現代詩的臺語創作出現，首先從事試驗的是林宗源和向陽，到了八〇年代之後，隨著臺灣社會變遷和政治民主化的展開，宋澤萊、林央敏、黃樹根、黃勁連等人陸續投入，蔚為一股閩南臺語詩的創作風潮，至九〇年代更有陳明仁、胡民祥、陳雷、林沉默、李勤岸、路寒袖等詩人加入；同時客語臺語詩的創作者也有黃恆秋、杜潘芳格等投入，使得臺語書寫普化到閩客兩個語言之上。此外，一九八七年解嚴之後，在眾多語言學家的投入之下，臺灣語言字辭典與研究如雨後春筍，提供給臺語文學創作者更大的便利性與參考性，於是不僅止於詩的創作，也見於散文、小說與戲劇劇本，寫手日多，形成一股風潮。

這篇短文無法詳細介紹所有臺語文學作家及其作品，但可以肯定的是，作為一種母語文學書寫，臺語文學的作家及其作品基本上都泊靠著臺灣的港岸，為這塊土地努力發聲。他們用母語書寫臺灣新文學，其中又以臺語詩為盛，類似義大利文藝復興時期但丁的嘗試，既表現了對土地與人民的認同，也有可能發展為新的文學革命，創造出新的書寫典範，因而值得我們加以鼓勵與期待。

——原刊《文化快遞》，九月號第三版，二〇〇一年九月

附錄四：另類的聲音

——在華梵大學「關於臺語詩」的演講

傍晚，一行人駛離繁華的臺北城，前往深坑、石碇山區，路在搖晃的樹影及草香氣息間蜿蜒著，夜色闃黑幽靜，大家對於不熟悉的路況，不免有些憂心，深怕一個岔路的判斷失當，便要墮入更深的黑暗中。所幸華梵大學明亮的燈光，遠遠地透了過來，讓人感受到向陽在他的網站「向陽工坊」上所寫的「暗夜中的一絲微火」的意象。

聽向陽先生朗誦他自己以及其他臺語詩人（林宗源、黃勁連、宋澤萊、林央敏、路寒袖等）的詩，除了詩詞音韻上的美，詩句裡所包含對家國的愛、感歎人生的無奈、青春的悲逝等，透過日常講述的話發抒出來，那份質樸語言的生命力，才是真正觸動人心的吧！一如向陽朗誦詩人黃勁連的詩作「海湧一重一重／飛過茫霧的岸頂／飛過船頭／飛過紅色的船燈／海鳥啊／啥人會了解／你寂寞的心情」那樣，讓人感覺到臺語的美與深沉。以下是本次演講摘錄：

臺語是島嶼上的人共同歷史、心靈的記憶

這是我第二次到華梵，第一次來時這裡還是一片荒山，這次再看到已是校舍巍然。今天的題目「另類的聲音」，簡單的講也就是「邊緣的聲音」，指的是臺語詩在當代詩壇的位置。

我相信大家一定很少接觸臺語詩，雖然如此，但我們基本上不能忽略臺灣這塊土地上最少還有百分之八十以上的人使用臺語，不論你把它當成是正式的族群語言或者地方語言，臺語都是確鑿存在的語言。它存在於我們的生活當中，以及電視、廣播、報紙，就像「強強滾」成為報紙標題這樣，已經成為另一種流行；不管會不會臺語，最少都聽得懂一點，這顯示臺語在當代社會中的使用，不宜被忽視。

從臺語發展的背景來看，它也是這塊海島從漢人開發以來，在四百年的時光中，經

由島上多數人傳承下來的語言，其中包含著島嶼上的人共同的記憶、歷史的記憶、心靈的記憶，臺語的特質，因此也就與歷史記憶無法分割。不過，這個部分，專指臺灣的通用語閩南語，這裡的臺語定義是約定俗成的定義。

如果從另一個角度來看，臺語也需要更廣的定義。這三、四百年來，所有參與開發臺灣島的人所使用的語言，事實上也都該稱為「臺語」，原住民的語言不必說就是臺語，客語當然也是，就是一九四五年之後隨國民黨政府來臺的外省族群使用的語言，在落地生根既久之後，也都應該被視為「臺灣話」的一種。換句話說，廣義來看：凡是臺灣這塊土地上所有族群講的話，都應該視同是「臺灣的話」、「臺灣語」。我個人認為，從歷史、人與土地的關係來看，這應該是比較合適的對臺灣話的界定。

不過，我今天所要介紹的臺語詩，還是採取狹義的、歷史的與通用的「臺語」定義，也就是使用臺灣閩南語寫出來的詩。這是必須先做個說明的，當中，不含任何歧視、任何沙文主義，只是以約定俗成的定義，作為分類的便利。

臺語詩的相對性概念與臺灣新文學的發展

同樣的，當我們談到「臺語詩」這個符號時，要注意到它隱含著與臺語一樣的兩種定義。廣義的臺語詩，指凡是使用臺灣這塊土地上的語言，用文字表現出詩的形式者皆是；如此不只臺灣閩南語的詩是臺語詩，在臺灣使用國語寫成的詩也可稱為臺語詩。在這個定義上看，臺灣作家使用不同語文寫出的文學，我們都可以叫它「臺語文學」。另一個則是狹義的臺語詩，專指使用臺灣舊住的族群使用的語言（如閩、客、原）寫出的詩。而更狹義的臺語詩，則專指福佬族群的詩人以福佬話寫的臺語詩。這個定義的劃分，不盡理想，但卻是一個現實的事實，一個約定俗成的分類，沒有任何排斥性指涉，我們也必須先做說明。

今天我要介紹的臺語詩，就是使用臺灣閩南話寫出來的詩，是屬於最狹義的臺語詩部分。在新詩發展八十年的短暫歷史中，為什麼會出現「臺語詩」這樣的形式、概念或名詞呢？簡單地說，這個原因來自歷史的發展結果，也來自新詩形式的相對性。臺語詩顯然相對於國語詩，臺語詩又相對於古典詩，這當中有著複雜的歷史與政治因素，它不是一個絕對的概念，而是相對的概念，而這種相對性的產生，我們要從臺灣新文學的發展來看。

一九二〇年，臺灣的知識青年在日本東京創辦《臺灣青年》月刊，它的發刊在於經過前次武力抗日的挫敗，使得這些知識青年體認到臺灣人要用武力反抗日本已無可能，要繼續抵抗日本的殖民統治，唯有從文化運動、透過文化啟蒙著手。因此，《臺灣青年》特別強調建立新思想與新文化，他們介紹世界文學、中國五四運動、日本的新文學思潮，鼓吹臺灣的文學家使用白話文表現臺灣人心聲，臺灣的新文學便同時由此開始。此時期重要的鼓吹者及創作者為張我軍，其作品《亂都之戀》是臺灣現代詩史上第一本新詩集，另外如臺灣新文學之父賴和寫作白話小說，被稱為臺灣的魯迅。臺灣的新文學運動在這個階段中，有部分的思想是來自五四運動的啟發。

使用臺灣話來寫詩寫散文寫小說

但特別要注意的是，當時的臺灣人，無奈而不得不擁有的國籍是日本，當時的「國語」是日本話，因此不是所有的臺灣作家都懂得中國的白話文學，能夠使用漢文來寫作。這反映到文學發展史中，就產生了臺灣作家要使用「什麼話」來寫作的論爭，有名的「臺灣話文運動」在這樣的時空下，因此在三〇年代的臺灣出現。當時的作家黃石輝認為「臺灣在政治關係上不能用中國話來支配，在民族性上不能用日本話來支配」，為適應臺灣現實社會情況，所以必須使用臺灣話來寫詩寫散文寫小說。這個論點有三層意含：從政治上來看，他們是日本人，應寫日文的白話文學；就種族來看，臺灣人多數為漢人，應以中國白話文寫作；但就現實社會條件看，當然要用臺灣話文寫作。這就導致了三〇年代臺灣鄉土文學論戰的發生，而臺語文學也就此應運而生。

不過，這個運動並沒有持續多久，一九三七年日本侵略中國，對臺灣開始採取全面廢止漢文的政策；一九四一年，日本偷襲美國珍珠港，引爆太平洋戰爭，臺灣進入皇民化運動時期。這都使得臺灣的白話文學運動受到嚴重打擊，臺灣新文學進入全面日文書寫時期，直到一九四五年日本戰敗為止。因此，臺語詩的寫作，在日本統治年代，猶如曇花一現，無疾而終。

一九四五年，國民政府接收臺灣，臺灣作家開始面對「跨越語言」的挑戰；一九四七年發生的二二八事件，也使得臺灣菁英受到重挫，臺灣新文學的日文書寫時期從此中斷，臺灣作家必須從頭開始學習中國語言與文字，這樣的寫作情境，我們應該可以體會其中的無奈和悲哀。臺語詩在這樣的環境中，當然更難復甦。臺灣的新文學作家是在這樣的挫變中匍匐前進，經歷多重波折，而書寫語言的不斷變換，也使得臺灣作家的書寫形式不能不隨之變動。加上在白色恐怖時期，政治的打壓與箝制，反共戰鬥文學的一元思潮甚盛，也使得臺灣作家的創作自由受到壓縮，更不必說使用臺灣本土語言寫作文學了。

直到一九七七年鄉土文學論戰爆發後，臺灣的文壇開始了一次反挫與省思的過程，這場論戰基本上牽涉到文學創作是否應該關懷土地、延續傳統、表彰民族性的議題，當然也隱含執政者對在野文壇打壓的企圖，不過後者並未成功，而鄉土文學的本土化思潮則開始醞釀、鋪陳開來。在這同時，臺語詩便重新出現了。不過，那時的詩壇寫作臺語詩的，只有南部的林宗源先生和我兩位。我那時在臺北讀文化學院，大二學生。林先生的想法，我無法代表他說明；我的思考，當時是這樣的：第一，我從小講臺語，並且追求文學創作，我為什麼不用母語來寫文學呢？第二，則是將臺語詩當成一種挑戰，在文獻缺乏的情況下，我希望藉此磨練自己對母語的掌握；第三，臺語詩在當時的詩壇是完全另類的形式，我身為一個使用臺語的文字工作者，一個新人，以臺語表現詩學，或許可以開創一條新路。此時林宗源先生在臺南，我在臺北，真有兩顆孤星南北對泣的感覺。

期待臺語文學提供新的文學花果

當時的詩壇，稱我們的創作是方言詩，普遍視臺語詩為地域性的文學、偏狹的文學。當時我初生之犢，面對著這種指責、打擊，以及極有無法在詩壇出頭的可能，乃致被政治處理的危險，依然努力寫作，尋求有限的發表媒介，幸賴當時《笠》詩刊的主編趙天儀先生、《臺灣文藝》的主編鍾肇政先生賞識，才有發表園地，聊慰孤寂。今天回想起來，我仍相當珍惜這段年輕時光中的狂妄與夢想。每個人年輕的時候或許都該有些狂妄與夢想，把它點燃起來，即使它又被吹滅，但起碼曾經閃過的光，在暗夜裡仍會存在，那份光明也會留存下來吧。我後來以臺語詩聞名，是當年想像不到的。

八〇年代之後，從事臺語文學創作的夥伴日多，到了一九八七年解除戒嚴後，臺語研究與臺灣研究更是成為顯學，投入臺語詩的寫作者愈來愈多，八〇年代末期，寫作臺語詩的詩人已有百人以上，並且有著比我更成熟、更完美的表現。而臺語文學，也在經過從七〇到九〇年這二十年的過程中，慢慢受到社會的重視、文壇的正視。儘管由於它萌長的時間仍然短促，整體的處境（特別是在大眾媒介的發表上）仍然身處邊緣之地，被視為另類的存在，但我深信，一個文學的新形式，在它與土地、人民貼合，而又能完熟發展之後，必然可以為臺灣文學帶來新的視窗。

我期待，在不久的將來，能夠出現一個有能力彙整臺灣歷史、土地、文字、語言與人民新聲的大詩人，像但丁那樣，像莎士比亞那樣，豐富臺語詩的內涵，開創臺語詩的新境，讓這個在三〇年代臺灣土地中埋下的種子，發芽成長，為臺灣，也為全世界的文學提供新的花果。我如此期待於自己，更如此期待於更年輕、更有希望的各位。

（陳靜雪整理）

——原刊《中央日報》副刊，一九九九年五月二十六日

給流離以安慰，給冤曲以平反

——「嘉義二二八美展」參展詩作的歷史圖像與集體記憶

給流離以安慰，土地就不愁煞
給冤曲以平反，天空就不肅殺
——向陽〈處暑〉

一、沉澱仇恨，浮現寬恕

爆發於一九四七年的二二八事件，是一場標誌著戰後臺灣歷史轉折的流血事件，五十多年來一直結構著臺灣社會深層的集體記憶，其中隱藏政治、社會、文化與族群的複雜意含。在「二二八」的符號之中，臺灣人民曾經因為祖國的到來而歡天喜地，鑼鼓鞭炮齊揚；曾經因為祖國的鎮壓而呼天搶地，血流命喪黃泉；也曾經因為白色恐怖的政治檢肅，在烏天暗地中瘖啞難言；最後是一連串的省覺，結合著臺灣民主政治運動和文化重建力量，平反了二二八事件以及其後的政治冤屈，譜出不再愁煞的土地、不再肅殺的天空的民主樂章。

這樣漫長而艱辛的抗爭路途，站在二〇〇〇年的晨曦之下回過頭去看，彷彿還能看到來時的黑夜，籠罩著政治邪靈的陰影，黑爪獠牙舞動在歷史的長廊之中，噬血啃骨，淒厲狂笑；而這五十多年來，為了爭取臺灣黎明的先知與勇士，以及部分受到牽連的百姓平民，則仆伏崎嶇道上，在鮮血與枯骨滿佈的威權統治中流離、喪命。

終於，黑夜過去，黎明到來，在黑夜中被扭曲的歷史重新在陽光下接受檢驗，人民用素樸的眼睛看出了統治者的謬誤，用具體的行動扭轉了臺灣正確的道路。二二八的得以平反，宣告白色恐怖年代的過去。鑼聲響起，回顧二二八、檢省二二八，不是為了仇恨，而是為了寬恕。只有面對歷史，記取教訓，方才不致重又墮入政治邪靈盤據的幽谷，方才可以走出悲傷恐懼的惡夢。

不過，政治（人民的力量）雖然可以解決歷史的謬誤與倒錯，仍然難以沉澱出真正的歷史圖像，也仍然無法撫平隱藏在人們心靈暗室的集體記憶，必須也唯有通過美術與文學的書寫，才能讓歷史的倒錯，集體的傾斜有以導正。這就是為什麼偉大的民族往往能在歷史的悲劇中開創出偉大的藝術創作的原因：一方面，從歷史事件中重行面對民族災難，由民族災難之中洗滌心靈；一方面，通過歷史的爬梳，沉澱仇恨，浮現寬恕，通過藝術的創造，再現歷史圖像，重建集體記憶，而淨化、澄明了整個民族未來的道路。

由嘉義市政府和財團法人二二八事件紀念基金會聯合主辦的「一隻鳥仔哮救救——嘉義二二八美展」，結合歷史學者提供二二八史料、邀請畫家提供繪畫、雕塑、詩人創作詩篇以及歌人吟唱，就是臺灣社會脫離政治牽絆、開始人文省思與藝術再現的一個具體行動。這個具體行動的真正意義在於，它不是用政治宣示或演說來闡釋二二八的歷史，而是用繪畫和詩歌來呈現圖像；它不是用遊行或群眾集會來凝聚共識，而是以想像和創造來衍生認同。畫家筆下的二二八、詩人筆下的二二八，都可能提供給臺灣社會關於這段歷史更豐富的文化意含，從而產生特屬於這個年代的歷史圖像與集體記憶，來面對臺灣人民共同的命運，開創新而美麗的未來。

二、臺灣詩人的歷史反省與記憶再現

在活動策展人蘇振明教授的邀請下，我有幸參與到這個活動之中，提供有關二二八詩作參展，並因為振明兄的厚愛，先行品讀所有應邀參展詩人的作品，撰寫閱讀報告。從文學，特別是這次參展的詩作中，探看臺灣詩人筆下的二二八圖像，通過這些連結當代詩人想像與五十多年前歷史記憶的作品，爬梳其中值得注意的人文省思。我既深感惶恐，也樂於承命。希望通過文本的解讀，能夠爬梳出臺灣詩人的歷史反省和文學心靈，也能釐清文學創作（想像真實）和歷史事件（社會真實）之間的關聯。

應邀參與這次「嘉義二二八美展」的詩人，有吳晟、岩上、林央敏、陳千武、渡也、王啟輝、利玉芳、蘇振明、林宗源等，加上我共十位，參展詩篇計十六篇。

這些詩作共同的特色是，詩人們描寫的主題都集中在對於二二八事件記憶的再現 (representation) 之上，詩人通過詩的語言，意圖詮解二二八的真實 (reality) 與意義 (meaning) 之間的關聯，因此這都有點類似於美國實用主義哲學家皮爾斯 (Charles Peirce) 對於符號 (sign) 的解釋，符號基本上是由符號、對象 (object) 與釋符 (interpretent) 所組成的三角關係。從符號與對象的關係來看，具有指涉的 (referential) 關係，作為符號的這些二二八詩篇指涉的都是客觀歷史中的二二八事件；從符號與釋符的關係來看，這些詩篇又都是二二八事件的釋義的過程，企圖為歷史二二八做文學文本的意義的定位；再從釋符和對象的關係來看，則都指向再現二二八歷史真實及其與當代社會的意義的關聯。

因此，我們可以看到詩人吳晟選擇了「機槍聲」與「獸魂碑」的意象作為他解釋二二八事件的文本符號所寫出的兩首詩篇，機槍聲，具體而直接地呈現二二八事件對臺灣社會最鮮明也最直接的集體記憶。沒有人忘得了「一九四七年，渡海而來的機槍聲」如何掃射當時的臺灣，這是作為符號的「機槍聲」指涉的歷史對象的二二八的真實呈現；然後，詩人將「機槍聲」作為一個釋符，進一步連結到二二八事件之後白色恐怖年代，以迄於今的臺灣政治變遷，他寫這些機槍聲如何「鞏固了臺灣島上無所不在／黑壓壓的銅像」、「化身為白色標語口號」、「化作強勢的政令」，乃至：

至今，每張選票
圈印票筒的紅色印記

仍隱隱重現一九四七渡海而來
密集掃射的機槍聲，未曾停歇

於是「機槍聲」的符號一方面既是詩人指涉的二二八事件，也是詩人通過釋符所欲凸顯的臺灣政治社會真實。簡言之，「機槍聲」不但是二二八的主要象徵，也是臺灣戰後統治機器國民黨的象徵符號。在這裡，吳晟給出的臺灣歷史圖像與集體記憶就是「密集掃射，未曾停歇」的機槍聲。另首〈獸魂碑〉則以反諷的方式諷刺臺灣人命與獸魂類似，也有同樣的效果。

岩上的解釋則與吳晟異曲同工。在參展的兩首詩作〈白色的噩夢〉中，岩上使用「熱血流盡/接著淌出白液」來指涉由二二八（熱血流盡）及其後白色恐怖年代（淌出白液）臺灣人的悲哀，通過這個釋符的使用，二二八從而不只是一個政治的鎮壓，同時成為戰後五十年臺灣社會共同的「噩夢」：

被撕毀

模糊的史冊，不忍卒讀的
頁頁，我們
屏息，不敢出聲
用顫抖的白旗

從「白液」到「白旗」這些次象徵符號的使用，也都指向國民黨戒嚴威權年代的肅殺氣氛，具體反映了當時的歷史真實與社會真實。相對地，則是岩上另一首以臺語寫出的詩作〈淒麗的聲音〉，這首詩試圖還原二二八事件發生時臺灣民間的心聲，藉以凸顯「咱已經從哭調仔的目屎中站起來」的當代社會真實，在絕望過後重建信念，「淒厲的聲音」固然不忍卒聽，「臺灣壯麗的歷史詩歌」則有待書寫。這都可以看出詩人再現臺灣歷史走向的意圖。

林央敏參展的兩首詩作都與二二八的歷史記憶有關，〈倚置二二八紀念碑前〉傳達的是二二八事件平反之後，詩人站在嘉義城郊野的二二八紀念碑之前回想「春去秋來五十冬／狗去豬來無二冬」的二二八事件，描述歷史發展，「血腥的雲　充滿天」的圖像相當鮮明，最後的結語則拋出詩人的「映望」：

映望歷史恢復記憶
損一聲和平鐘
臺灣人　雲過天清

通過這三行短句，詩人把「二二八紀念碑」立碑的意義簡短而有力地闡釋出來。詩人的另首詩作〈聽著二二八〉寫在嘉義文化中心聆聽作曲家蕭泰然〈一九四七序曲〉的心情，也有著一樣的「慢慢沉做愛合映望的流水」的感覺。從歷史的集體記憶中，詩人試圖闡釋的是和平與愛對於受傷的民族的必要性。

相對的，是臺灣元老詩人陳千武參展的詩作〈墓的呼喚〉。墓碑聯名，墓與碑的符號都象徵死亡、過去、記憶，也可能指涉希望或者無望。在林央敏的「碑」的符號釋義中，它是「映望」；而在陳千武的「墓」的符號中卻可能是「無望」。這首詩以「墓」作為釋符，詩人既同情墓穴洞口內冤死的二二八罹難者不記舊仇，又憤怒於墓穴洞口外的政客與社會遺忘歷史、曲解二二八，社會的不公不義依然，二二八紀念成為忘懷二二八的儀式：

墓穴洞口的呻吟聲
因為有思想才失蹤了五十年
沒有死的　僵屍
卻友善地向這邊招手　招手！
——你我都沒有過錯
沒有兇手
沒有罪的人　都能心安理得

這是相當沉痛的指控，詩人針對著臺灣社會對於歷史的善忘、健忘，歷史真相的掩埋，通過「墓」的釋符，再現了今天臺灣社會歷史圖像的模糊，以及集體記憶的衰頹。林宗源的長詩〈二二八的血印〉則意在彌補這段空白的歷史記憶，具有史詩的企圖和規模。

書寫二二八平反後相關紀念儀式的，還有女詩人利玉芳這次參展的兩篇，其一是〈蠟炬的淚：二二八高雄追悼會〉，另一是〈公園裡的藝術：一九九八年七月十六日參觀嘉義二二八紀念公園〉。這兩首詩，前者念二二八英靈，後者諷二二八公共紀念場域遭受「所謂光明面的藝術」的扭曲。詩人處理集體記憶的兩面性，與陳千武前詩也有相同的痛切，一方面是在追悼會中，心靈的接受歷史洗滌：

如果真有不散的英靈
請從被遺忘的角落甦醒
邁開灑脫的腳步
向我這盞閃亮的星光靠近

如果真有
請附身成我掌上的蠟影
寒風無法從我默哀的眼睛裡

吹息你

一方面，則是公共紀念二二八公園中，「堅持將傷痕的記憶隱忍的情結」，「輕易地被所謂光明面的藝術／反映了／被花費龐大的心思架構／融合了」。在這兩首作品中，我們再一次警覺到了當歷史或族群集體記憶被儀式化之後可能出現的模糊與扭曲。

這次參展詩作中，渡也提供的詩作〈清澄的水波：獻給畫家陳澄波先生〉和我的〈嘉義街外：寫給陳澄波〉，是兩首以二二八事件人物為對象的作品。如所周知，嘉義出身的臺灣傑出畫家陳澄波（一八九五—一九四七），在二二八事件後被嘉義市民推為與國民黨軍隊和談的代表，結果竟遭軍方逮捕槍斃，死狀奇慘。兩位詩人以這位一生執著美、善與和平的畫家為對象，書寫他的精神，解釋二二八事件領導者的鄉土之愛，蘊藏的是對於二二八事件本質的探究。以渡也的詩為例：

你以愛的顏料
在人生的畫布上

訴說滾燙的美
那政客與劊子手
也是畫家
他們以血為油彩
槍就是畫筆

這樣的比對，極其沉痛。符號的釋義，通過顏料和彩筆作為象徵，歷史的真實，豈不是和平與戰爭、畫筆和槍桿、美與醜的對照嗎？

王啟輝的作品〈怒吼〉寫嘉義市民「每次上下班／都要踏過掩埋屍骨的地方」的憤怒，相當直接地反映了新一代臺灣中產階級認知二二八史實之後的無奈與憤怒；蘇振明以畫家身分，這次提供的參展作品則是雄渾有力、激昂慷慨的歌詩作品，不管是〈你咁是勇敢的臺灣人〉或者〈目屎及拳頭母〉，都洋溢著歌詩體作品的勁健風格，對於喚醒臺灣社會從歷史悲運當中走出自主之路，應有相當作用。

三、從歷史失憶症中走出

從以上所述臺灣詩人參加「嘉義二二八美展」的參展詩作中，我們可以清楚看到，作為歷史事件的二二八，通過詩人運用想像與符號所形成的歷史圖像，基本上顯現出了對於二二八事件的歷史詮釋與文學釋義的交會。在臺灣詩人意圖再現二二八與臺灣人集體記憶的過程中，也顯現了他們通過文本符號，追究歷史事件、解釋歷史發展，以及究詰社會真實的意義所在。

從符號學的角度看，這些文學創作的文本，既是符號的本身，也是釋符的一部分；既在針對「二二八事件」這個歷史事件的對象加以書寫，也在試圖解釋臺灣歷史的意義和定位。我們從不同詩人的詩作中，同樣看到的是，這些詩人走出文學的本位，參與到臺灣社會的集體結構之中，整合臺灣歷史圖像、集體記憶的努力。他們的詩作語言，與臺灣歷史、社會相互流通，通過符號的指涉能力，把臺灣人民的經驗帶入了文本的內在意含之中，又通過文本可供解讀的釋符，放置回臺灣人民的集體記憶當中，建構了臺灣的歷史圖像。這或許是這些自發的、不必然是特別為這次展出而書寫的詩人作品可貴之處。

發生於一九四七年的二二八事件，將隨著二〇〇〇年序的展開而與臺灣社會愈行愈遠，但是這段歷史的圖像卻會隨著更多的歷史研究、詮解，以及文學藝術創作的深化而更加明晰，臺灣社會的集體記憶也可望因之而型塑出更加穩固的命運共同體。我在這次參展的詩人作品中看到了這樣的希望和願景。願以我寫於一九八六年的〈處暑〉一詩的詩句作為這篇報告的結語，期待臺灣社會從歷史失憶症中走出，從悲哀與憤怒中走出，迎向有光有熱的明天：

給竹籠燈，夜才有溫暖
給水燈燭，黑才有依靠
給流離以安慰，土地就不愁煞
給冤曲以平反，天空就不肅殺
給孤魂給野鬼以三牲水果
生與死就不致大動干戈

給最黑給最黯，以微光以微熱
陰沉的風將會破涕歡樂
給乾渴的井以水聲
愛，澆息了恨火

——原刊《自由時報》副刊，二〇〇〇年二月二十七日

小太陽與大風景

——解讀《臺灣日報》副刊三月份「臺灣日日詩」

現代詩的發展動力，主要來自三個源頭：文本、傳播與運動。文本出自詩人的書寫與論述，傳播有賴媒介的刊載與傳佈，運動則起於詩社的集結與活動。三者相互激盪，湧動，於是乃能蔚蘊出波瀾壯闊的詩的風潮。七、八〇年代臺灣現代詩壇曾經燦開繁花碩果的詩的風景，改變了現代詩的內容、形式和精神，朝向本土化和寫實路線發展，即是三者互動的結果。

不過，自八〇年代末期，由於社會變遷的快速與臺灣政治的總體開放，多元化已經逐漸取代本土化而成為主軸。多元化，象徵著主義的不再／不在，從而瓦解了本土現實主義在此後的影響力，西方後現代主義的流風形成九〇年代之後詮解現代詩文本和現象的工具，後現代雖被以主義名之，時則沒有主義教條的侷限，去中心論述、反霸權論述，強調文本的互為指涉和拼貼，突出讀者的解釋權力、作者的死亡等等，無一不與反對一元的文本觀、詮釋力有關。臺灣的現代詩到了九〇年代之後，詩作文本的歧出、詩社力量的式微、詩的運動的消沉，無一不與這個多元化風潮有關，即使是媒介（包括詩刊與副刊）的傳播力量，也因此而有弱化的趨勢。

在如此的外部環境影響下，崛起或出現於九〇年代之後的詩人，先天地受到對他們來說較形不利的侷限——最明顯的是，多數的詩人及其詩作已經較少受到討論或重視；詩刊的數量與發行也相對減縮；詩的論述和美學討論，如先前現代詩論戰那樣由詩壇內部延燒到文壇、社會的運動，幾近消失——這都使得九〇年代迄今十多年間的詩的寫作者陷入更加寂寞的角落，詩作閱讀人口並未隨著讀書人口的增加而成長，詩的力量是否尚在？隱然已是所有詩人書寫過程中共同的隱憂。

《臺灣日報》副刊「臺灣日日詩」，每日登出一首當代詩人詩作，相對於詩的低迷，乃就具有振奮與發皇詩的力量的意義。雖然，這只是單一媒介的傳佈，其他各大報副刊雖非日日登詩，一樣也發揮了文學傳播的功能，不過，日日登詩，日積月累，力量可能更可觀，對於詩發展的階段性歷史，也具有留存以待檢驗的作用，則可確定。這顯現了在寂寞角落點燈，陪伴詩人挺過陰寒，迎接另一個詩年代來臨的魄力和期許。

檢視二〇〇一年三月份「臺灣日日詩」刊出的三十一篇詩作，我因而想從詩與歷史的角度提出觀察。

一如蕭蕭本月發表的詩作〈詩人回頭〉兩題（一為〈小太陽——記臺灣史詩之祖賴和〉，一為〈大風景——記臺灣詩哲林亨泰〉）中的詩句，臺灣現代詩的發展，在歷史的源流中，彷彿是「在冬夜寒冷的土地上」找尋「自己的春天」一般。八十多年來的臺灣詩路和臺灣的歷史相依相傍，是無法分離的。包括賴和在內的臺灣詩人，八十年來通過詩的書寫、藝術的追尋，以及各自不同的文學與社會的實踐，目的絕不只是在追求個人的詩藝的高峰，而同時也有著以詩來紀史的使命存在。蕭蕭將賴和看成「小太陽」，推重的就是詩人和他的土地、年代、歷史命運相結合的書寫。因此：

> 何時？臺灣每個人的懷中都會揣著一個你——揣著一個你如揣著一個小太陽，溫熱的心溫熱了世人的心。何時？將一顆自製的太陽揣在懷中，我們終於要向世人拋出微笑，即使是還在黑泥暗土裡的未暴之芽，也會感受到蠢蠢欲動的溫熱，在

他內心深深處。

寫的就不只是賴和，同時喻示了臺灣詩人對他的家國與社會的史的承諾。詩人的可貴，應在於此。詩人以詩寫下他對自身、人群、土地和歷史的關照，小太陽一樣，照亮的是讀者的心。

不過，從另一個面向看，詩人又是藝術的錘鍊者，他們使用的是錘鍊過的語言，與常民社會的語言比較，相對繁複而充滿暗示與喻依，思想和意象的多重指涉、轉折，是詩的成就，卻不易為常民所解，導致詩人的孤獨，蕭蕭寫林亨泰，就點出了這樣的「暗啞的響聲」一如：

達利的雕塑　——無有回聲
形銷骨立的風景　——無所依傍
水牛動也不動的立姿　——無需支撐
空谷的氣流　——無人欣賞

卻能「扭轉了春的聲音」。表面上，詩的訊息傳遞因為喻依語言的障礙而無人欣賞，但實質上，這些具有藝術美學錘鍊的詩的文本，反而更能影響久遠，進入歷史的長廊中，發揮它的紀史功能，其中的要素，當然也包括了思想的存在。

用簡白的話說，詩，既是社會的，也是語言的。詩人關心社會，因而通過詩寫下了他對身處時空感應；詩人關心語言，因而通過詩表現了他對語言的藝術錘鍊。這兩者都使詩人的書寫具備了歷史書寫的意義。有些詩人以詩關心人群與社會，如賴和，有些詩人以詩建構語言與意象世界，如林亨泰。但無論如何，只要書寫臻至極致，鑑照歷史的價值則一。

三月份「臺灣日日詩」的詩作，有多篇與這兩大主題有關。在反映社會、關懷現實部分，渡也〈二〇〇一年——給新政府〉以政治為題材，表現民間對於新政府的寄予希望，以及對於國會亂象的痛心。這首詩通過來自大自然的象徵鋪排，表現新政新象，而以「土石流」的破壞自然生態作結，既不流於口號、激情，又相當有力地諷刺了臺灣政治的病灶所在。相映成趣的，是辛金順的〈動物園記〉，以動物園喻臺灣政壇，在詩人的巧喻下，政客慣於「從飛禽與蝙蝠區的距離，計算/參觀者的情緒，夢、以及無聲墜落的嘆息」，「昨日的宣言/消失如唾沫」，都相當精準地反諷了臺灣政壇與政客的特質，是一首「充滿諧音和歧義」的好詩。另一首直接以兩岸關係為題材入詩的，是劉益州的〈海峽的憂鬱——海峽兩岸小三通有感〉，這首詩處理金馬首次開放小三通的議題，作者以「海背著海」起句，暗喻兩岸關係的背離，是不錯的修辭，然後借用中國的「長城」意象，說「他們已把長城建築在海上/藍色的是城牆，偶有一海鳥飛過的地方是絲路」，而「金門、馬祖/已是塞外的張掖和酒泉」，寫出作者對兩岸關係遲滯的觀點，就詩而論是一首不錯的作品。不過，此類作品往往牽涉史觀和國家認同問題，此詩作者仍年輕，難免因此出現來自對兩岸定位模糊解讀的缺陷。

同樣寫實，土地意識也屬於詩人敏感的議題。向明的詩〈航行感覺〉允為其中佳作。這首詩以航行海上所見，所感的虛空和顛簸，表現對土地的恆定的眷念和呼喊。詩中以「雲欲填海/海欲騰空/劍不及鞘/酒不入樽」表現「按捺不住的這大自然情慾」，刻劃入微，映照最後一節：

　　而我們只能蟄伏

像一缽種子總爭相躍起
卻又無奈的綣縮成一尾蠶
對看茫茫蒼空呼喊
呵！土地，我的母親

更是寫出了尋覓土地紮根的無奈和失落。詩作表現也反映了當代臺灣認同困惑的一面。王添源的〈旅人十四行〉表面上是一首情詩，實際上也表現出「旅人」的離家宿命，「在河左岸站著喝咖啡/判讀一張舊版的地圖」，是一種流放心境；「用時間思索你未開展的容顏/並且了解這一生我終要離開你」，也暗示自我放逐的心情。沒有土地歸屬，於是成為「旅人」的命運。相對的，則是劉克襄的〈情詩三首〉散文詩，其中〈木瓜山奏鳴曲〉清楚地說：

> 我堅毅地佇立路邊，中年了，好像站在自然志與臺灣文學的交會口。但我更確信，自己守候在生命裡最知足的路段，縱使幸福將如甜根子草的稀疏和荒蕪。

表現的是詩人的志業和土地已經結為一體，因此沒有認同困惑，只有「堅毅地佇立」，即使毫無收穫也毫無遺憾。詹澈的〈土地祠〉，寫的則是臺灣的族群認同課題。在這首屬於「蘭嶼素描」系列的詩中，詩人以蘭嶼島上唯一一座土地公廟喻外來的漢人、信仰與土地，對應達悟族青年、基督信仰和海洋，凸顯出蘭嶼作為臺灣原住民原生地象徵的異彩，饒有深意。

除此之外，家族、性別議題和社會議題，也有幾篇佳作。江文瑜的〈七色月光〉寫臺灣女性的成長史，用紅橙黃綠藍靛紫七色寫女性的七種生命光譜，語義和喻依都相當繁複可觀，是一篇佳作；費啟宇的〈歷史紀念館〉則以父子兩代親情鋪寫生命傳衍和不斷循環的歷程；黃樹根的〈說與不說的腹語——給妻〉，寫的是中年夫妻長久瑣碎生活的調適；劉滌凡的〈集集地震——自殺症候群〉，寫九二一震後災區自殺的悲哀。這些詩，反映的都是當代臺灣社會的共同經驗、記憶和共同感覺，表現了詩人紀史的企圖。

反映現實和語言鍾鍊並不衝突，前述的詩作也都因為它們在語言運作上的成熟而令人印象深刻。不過，也有純粹以語言操作表現個人經驗或思想，通過意象世界的建構來引人矚目的作品。吳尚任的〈我知道這個聲音〉、楊邪的〈讀畫〉、李長青的〈房間〉等作品，都企圖展現作者對心靈和哲學命題的思考，也表現出了語言錘鍊的用心，十分可喜。

捧讀三月份「臺灣日日詩」的眾多佳作，在暮春之日，看到眾多小太陽和大風景逐篇展示，令我欣喜。在整個文學環境低迷已久的此際，詩人仍然未懈書寫，就說明了詩的不死。三月刊登的最後一首詩作，是沙穗的〈解讀〉，這首詩頗具理趣，剛好能夠表現所有「解讀」行為的真髓。我的強作解人之讀，約略如是，就以沙穗的這首〈解讀〉作結吧：

解讀　一根髮
不在長短　而在黑白
一瓶酒　不在年代
而在醉後
解讀　一句話

不在中聽　而在感受
一把淚　不在多寡
而在真假

解讀　一個人
不在高矮　而在一生
一份情　不在面具
而在骨髓

——原刊《臺灣日報》副刊，二〇〇一年四月二十二日

對鏡的心情

——解讀《臺灣日報》副刊七月份「臺灣日日詩」

法國著名的精神分析學家拉康（Jacques Lacan, 1901–1983）曾以「鏡象理論」揭示「自我」形成的想像性和虛構性，他以嬰兒對鏡時通過「鏡象」而產生對自我的虛假的圓滿感覺。拉康認為，當一個嬰兒對鏡之際從鏡子裡認出自己所感覺到的愉悅，乃是因為他看到的「鏡象」比他所體驗的真實的自我更完全、更完善；「識別」與「誤識」因而重疊：被識別的「鏡象」被視為是自我身體的反映，而錯誤的識別則將這個身體作為理想的自我而投射到他者，形成一個認同與抗拒兼而有之的主體性建構過程。拉康「鏡象理論」的淺顯解釋，用他的話來說，就是「第四種目光」——不是我真正的眼之所視，而是通過我在他者的立場上想像出來的目光。

詩的寫作，基本上也類似拉康的鏡象理論，是通過語言的符號運作，在一個一如語

言學家索緒爾 (Ferdinand de Saussure, 1857–1913) 所說的符號系統之中，藉由符號具 (signifier)、符號義 (signified) 的指涉，形成象徵秩序，來呈現詩人筆下的想像、象徵與真實。詩人以語言作為主體，在對鏡的同時，尋索想像與真實的對話。在詩人的語言符號運作下，為世界命名的過程一如「鏡中之象」在讀者的眼前具現。這使詩的創作和閱讀，想像和真實，才都產生了意義。詩（語言）讓我們和世界連在一起，重新認識這個世界；而在我們閱讀詩之際，同樣也在對鏡，我們解讀（而多半是誤讀，一如拉康所說的「誤識」）詩人的語言，與詩人的符號世界對話，因此每一次的對話，都帶來一種新的感覺，新的發現，產生新的意義。

用這個角度來看二〇〇二年七月份「臺灣日日詩」，閱讀的愉悅於是存在。

七月初，大考中心的國文作文題目揭佈，要考生以「對鏡」為題，描述他們面對鏡子的感想或啟發，這個考題出得鮮活有力，卻也可能寫得陳腐不堪，考生多半援引魏徵提醒唐太宗「以銅為鏡、以人為鏡、以古為鏡」典故發揮，新意不多。巧合的是七月二日刊出的日日詩就是旅人的〈對鏡〉，這首詩以對鏡所見所想為取材，呈現對鏡的心境與情境，語言素樸，但想像則豐富，其中「看你在鏡中／伸展新靈魂／我不再悶窒於／有限的軀殼」，應是詩人表現的主旨。這首詩，詩人採取與鏡中之象對話的方式，隱隱之中也表現了與拉康鏡象理論中的主體論，而鏡中象「逃脫於鏡中／咀嚼光線／養活自己」，則更突出了主體的異化，耐人尋味。

與此相近的，是詹冰的〈銀髮族〉，這首詩寫老人「對鏡」的心情，同樣採取明朗的語言，透過形式的對稱來表現人入老年之後，面對「一天又一天，黑髮變成白髮了／一天又一天，白髮變成銀髮了／一天又一天，強壯變成衰弱了／一天又一天，青年變成老年了」的句式排列，表現時間與歲月在人生之鏡中的催化；接著語氣一轉，「可是，銀髮族不必失魂落魄了」，因為「一年又一年，經驗變成豐富了／一年又一年，智識變成增長了／一年又一年，愛心變成深厚了／一年又一年，心情變成快樂了」——整首詩，就像一面鏡子，鏡中的我標誌著青春的老化現象，對應的是鏡外的我的成熟與智慧，主體性的建構和認同於焉完成。

子建的〈框〉也是，這首短詩共四行，表現「我」因夢想而不被「框」限的詩想，鏡子、窗戶或者其他帶有框架的符號具，可能侷限了符號義的多義性，打破框架，想像「就比翅膀輕盈」、「可以飛得比鳥更高」，可以「將窗戶內的風景悄悄偷走」。這首詩正好表現了拉康所謂的「第四種目光」，從框外看到新的感覺，給了超越日常生活經驗的新的圖像。

林婉瑜的〈那個〉，寫女性對月事的經驗。「怎麼會有那個／從不可說的那個／大量湧出」，再加上「一切，都那個極了」，「那個」在日常生活經驗中有幾層意含，一是指稍遠處可見之物，二是指不必明說而對方心知肚明之事物，三是常俗禁忌或忌諱而不可說出之事物。在禪宗公案中，頗多「還有這個在」的語式，「這個」多半意指雜念或俗念，放下「這個」才能悟道。不管「這個」或「那個」作為一種符號具（符徵），因此可能指涉多重意含，產生多義性。本詩詩題「那個」即具多義指稱。以引句為例，「怎麼會有那個／從不可說的那個／大量湧出」，再加上「一切，都那個極了」中，首句「那個」指經血，次句則指陰道，末句則是對月事來了之後無以名之的感覺。作者善用符徵的多義性，面對「那個」猶如面對鏡象，識別和誤識交替的趣味因而產生。

另有兩首詩作，歐陽柏燕的〈隨想九則〉、木焱的〈臺北蒼蠅〉，則是以形式的對照和內容的對應表現了「對鏡」般的情境。〈隨想九則〉是以九則兩句式小詩串聯，如珠玉連綴，每則獨立而又互有關聯，如九式對鏡之姿，舉其中一則為例：

河水想像卵石磨礪成珍珠的竅門
我想像從你的掌心起飛的無限可能

九則首句皆以「名詞＋動詞＋名詞＋動詞＋名詞」的語法，作象徵詞語的推演，給出一個眼中可見的鏡象，次句則根據設定的鏡象，對照出「我」的反應。這在詩中本來就是常見的句式，每為寫詩者所慣用，好處是可見練句功夫，缺點是容易流於刻板單調。〈臺北蒼蠅〉則以美國轟炸阿富汗為題，表現作者對於戰爭的嘲諷。詩共五節，每節皆以「一隻蒼蠅停在一名營養不良的阿富汗難童」為鏡中之象，詞句則用「其他蒼蠅」停在其他所在來呼應此一起句，而最終結於「其他蒼蠅呢　停在臺北市垃圾豐盛的菜渣上」，使詩的張力因而突出，無飯可食的難童與豐盛的菜渣成為強烈對比，戰爭的悲哀具現；與此詩性質相近的是郭楓的〈春天・炸彈季〉，春天以「兩種，那麼不同的，炸彈季」的對照圖像在詩人筆下出現，歡樂與死亡、美麗與枯萎，形成嘲諷性的對比。

從「對鏡」延伸開來，詩人也可能以土地和生活作為鏡子，觀看土地，詮解生活於其中日日對應的景觀，重新賦予意含或感覺。渡也的〈八掌溪〉、詹澈的〈坐在山坡〉、黃徙的〈在詩之鄉〉、陳明仁的〈午後的咖啡店事件簿〉、陳煌的〈瀑布〉、李長青的〈溪仔邊〉等都是。這些詩作是通過詩人之眼看到的土地鏡象、生活鏡象，其中藏有作者程度不一的「再現」(representation)意圖，渡也筆下的八掌溪，詹澈的山坡，李長青的溪仔邊，還有黃徙和陳煌筆下所繪，以及陳明仁的寫實嘲諷，都不只是一個景象，而更是來自他們內在感情、記憶與認同的心象，這些詩不止表現景觀，也凸顯詩人的經驗與心識世界。

時間也是一面鏡子。本月詩作中不乏此類作品，黃文鉅的〈沙漏〉表面上寫沙漏的形與象，實際上則企圖表現人們面對時間「沉寂數百年的光，傾倒出幾朵乾在岸上的浪」的感慨，最後兩行「那節奏，疏落有致/彷彿一場七月的雪」，有「逝者如斯夫不舍晝夜」的蒼涼感。鄭智仁的〈時間之岸〉，一開頭就是「我坐在時間之岸/翻閱沿途風景」，第二段之後則逆溯時間之河，彷如照鏡，寫出「我」的想像。孫梓評的〈時間進行著〉，末兩行「從俯視裡被溫暖俯視/在安慰中，得到虛擬的祝福」，正是對鏡的心情，當然這首詩既寫時間（青春之去），也寫情愛，青春與愛情形成與「我」的對照之鏡，在鏡中，進行的既是時間的圖像，也是「我」的愛情的圖像。

比較有趣的，是半懶魚的〈詩眠〉，這首詩寫的是「失眠」心境：

骨碌碌地
壁虎賴在床上
睡不著
白牆上掛著我
響了兩個結實的哈欠
寂寞起身
摔壞了鐘

用壁虎／我，寂寞／鐘兩組意象相互對照，壁虎賴在床上，我卻爬上了牆壁，成為打哈欠的鐘，讓寂寞摔壞了。這樣的情境，是經由符徵的互置、對調，不知何者為實何者為虛？何者真何者假？眼中／鏡中之象，鋪展了對於時間、生命的究詰，又有螳螂捕蟬、黃雀在後的寓言理趣。

嚴忠政的〈嫌疑犯〉，也是。這首詩寫的也是時間，透過太陽「在石綿瓦留下角質層」、月亮「把庭院的夜來香吵醒了」、還有「躲在舊照片裡的景觀」，蔚為詩篇，讓「我永遠查不出主謀」，來表現時間之推移的無法逃避，「嫌疑犯」意指時間，留下的痕跡則是詩與記憶——「像無法忘記一個女子的緣故一樣」。

鏡象，還可在戀人之目中看到，紀弦早年寫的一首名詩就叫〈戀人之目〉，短短四行：

戀人之目；
黑而且美。

十一月，
獅子座的流星雨。

第一段是一個陳述句，簡潔有力，但沒有圖像，第二段則給出圖像「十一月，獅子座的流星雨」，戀人的眼中出西施，鏡象如獅子座流星雨那般，既寫戀人美目盼兮的明亮，也寫看到戀人之目者心中的歡喜，允為傑作。

本月日日詩中，也有幾首寫情愛的詩，沈花末的〈今夜的話題〉以「我們對幸福的回味太少／說故事的想像力太少」作為「話題」，究問「你在凝神注視」時「得到什麼啟發」，這首詩表現優雅／幽微的情境，是與戀人的對話，也有通過對話自我究問的意含。「一棵樹開花／一個感官野放的季節」，愛情、生命，都在凝神注視中浮出。林宗源的臺語詩作〈妳食電成傷重〉（妳用電太兇了），是一首具有諧擬趣味的情詩，以愛與用電對比，寫出戀人之間相「電」的熱情／耗損，「傷重」在臺語的符號意含，指「太兇」、或「太利害了」，在華文的意含則指「受傷嚴重」，兩層意含在此詩中都可解釋，語言的歧義性使這首詩產生閱讀趣味。此外，鯨向海的〈你是永遠不再來的〉寫的雖非愛情，而是友誼的悼念，一樣是通過對話，寫出對象在個人心鏡中顯應的圖像；田運良的〈寂靜之外〉則與「祂」（神祇）對話，寫自然與生命的冷寂畫境。

七月份的日日詩，與大學入學測驗作文題「對鏡」本來毫無關聯，卻由於因緣湊合撞題，我因此試著用拉康的「鏡象理論」作為閱讀分析的基礎，寫下了以上的「誤識」——每個詩人的創作，都是一面鏡子，我在面對這些鏡子及其圖像時，儘管努力地通過每個詩人的符號體系，反溯詩人創作的「鏡象」，但難免還是會有所出入。詩的閱讀，趣味和愉悅在此。對鏡時喃喃自語，是作者和讀者共同的經驗。

——原刊《臺灣日報》副刊，二〇〇二年八月十九日、二十日

期待具有創意的學習之旅

——我看八十八學年度大學聯考國文科非選擇題試題

一九九九年大學聯考國文科第二部分試題出得相當活潑，也能有效衡鑑考生語文程度高低。由於我在大學中文系任教，有機會擔任閱卷委員，實際批改部分考生答卷，從閱卷過程中了解今日年輕學生的語文程度，體會活潑的試題與學生實際答卷之間的差距，加以我身為文學創作者，願以自身淺薄的創作經驗為輔，談談這份試題的出題方向、考生作答現象，以及個人的淺見。

非選擇題的部分出兩題。第一題考學生語文學習能力中的聯想力，以「古人見浮雲聯想遊子，見落葉聯想衰老，見桃花聯想美麗的新嫁娘」為前言，請考生就「車站」、「夏天的驟雨」及「深夜的犬吠」三個具象發揮聯想力，任擇其一作答，並給予約一百字的說明。第二題為作文，特殊的是，這個命題不像傳統的單一命題方式（如「我的人生態度」）出題，而採用了具有提示作用的說明方式，讓考生發揮，題目曰：「面對人生種種事物，有人採取冷靜旁觀的態度，有人採取欣賞喝采的態度，有人採取熱烈參與的態度。請寫一篇文章闡述自己的態度，文長不限。」

從出題方向及其方式來看，這兩題的出法都讓人耳目一新，也都具有提示考生答題方式和寫作方向的作用，是相當現代、活潑而具有人性和溫熱感覺的試題，它不像傳統的聯考試題那般冰冷、劃一，並且無從選擇。聰明的考生只要根據考題「前言」的提示，就能明快地掌握答題方向、寫作方式，無需花太多時間揣摩題意，斟酌寫作形式。以第一題聯想力的考題言，「見浮雲聯想遊子，見落葉聯想衰老，見桃花聯想美麗的新嫁娘」，都已經將聯想力用具體的例子托出，考生只要通過類比，就能輕易地從「車站」、「夏天的驟雨」及「深夜的犬吠」三個具象中選擇其一加以聯想，只要一般語文程度都能應付裕如，而程度好的考生，當然也能展現他精采獨特的聯想力，賦予這些具體的物象豐盈的想像與情境。像這樣的考題，顯然有助於學生實際的語文能力的培養與發揮，是活題而非死題，相當值得鼓勵。

相較起來，作文題目也有著類似的功能，這個總字數達六十四字的題目，一言以蔽之，用傳統命題就是「我的人生態度」六個字。它的命題優點，如前所言，具有提供答題方向、無需揣摩題意的好處，等於幫考生縮短了寫作前思考斟酌的時間，也省掉了咬筆苦思的痛苦；進一步說，它也提供給考生有關人生態度的三個模式（冷靜旁觀、欣賞喝采、熱烈參與）作為參考，幫助考生免於言之無物。這當中可見命題者的仁慈和用心。不過，也許由於傳統命題和答題模式在中學階段仍多被沿用，從考生的角度來看，如果缺乏歸納能力，面對六十四個字的考題，也有可能抓不到寫作的重心，誤答，亂答，甚或不知所云。唯這樣的問題應與命題無關，而是中學語文教育方向能否因此調整的課題。類似這樣以說明代替單一命題的方向是正確且應予肯定的。

放到考生實際的答卷現象看，情況則不這麼樂觀。在我個人批改答卷的過程中發現，今日臺灣中學生的語文程度似乎呈現日漸低落的趨勢，而命題方向的改變不巧也凸顯了部分考生連基本的閱讀能力都有待提升的問題。譬如，第一題題目之前強調「三個問題，請任擇其一作答」，題目之後強調「聯想的對象限舉一件，須說明何以產生如此聯想」，「文長約二百字」，仍有約百分之十左右的考生，要不是三個問題全部作答，要不就是聯想對象超過一件，或者忽略了說明，或者以二百到五百字的作文方式作答，甚至答非所問，與聯想力毫無關聯。以答非所問為例，有考生把「車站」聯想成「火柴盒」，把「夏天的驟雨」聯想成「弟弟尿床」，把「深夜的犬吠」聯想成「貓叫春」，都有點匪夷所思、不倫不類了。基本的閱讀能力有問題，會使得命題先生的用心與仁慈形同對這類考生的凌遲，我猜想這些考生讀完命題說明之後，大概頭昏腦脹，「搔不著貓毛」了，以至於慌張失措，連基本的要求都未能細看所致。

其次，第一題測試考生聯想力，也可見出語文程度高低。我閱卷的部分也不盡理想，約有百分之八十左右的考生聯想力稍嫌平庸。最普遍的情況是，多數的考生見「車站」必然想到「離別」，說「夏天的驟雨」就是「及時雨」，聽「深夜的犬吠」多不離「鬼魂」。這樣的答題，當然四平八穩，最少不離題，一定及格，但似乎少了一丁點創意。見車站聯想離別，多半會舉朱自清的〈背影〉為例說明，來自課本的聯想，輕而易舉，但這樣的答題也暴露了想像思維的貧乏。我不認為這是學生的問題，其中可能牽涉到中學語文教育在激發、啟發學生想像能力的設計上的不足，以及學生接觸文學創作的有限，應該值得教育工作者思考。也有好一些的答題，我批閱的部分，有考生就將車站聯想成「鄉愁」，將個人的離鄉經驗連結起來，就比較千篇一律；更具創意的少數考生聯想到「悲歡離合」、「聚散無常」、「奔波勞碌」、「過程」、「旅程」、「轉捩」，就技高一籌了。第一個把花聯想成「美麗」的是天才，第二個跟著說的是庸才，第三個就……，而我們一般都屬於第三個，語文學習的創意激發，實屬不易，或許也很難完全苛求於這些考生。

但作文，是可以看出高下的。這次聯考作文題目，一如前述，應該很好發揮，遺憾的是，仍有約二成的考生題目未能清楚掌握，把人生態度寫成了「人生觀」，大談積極的人生觀如何如何，或者中庸的人生觀如何如何。人生態度當然來自人生觀，積極的人對種種事物會採取熱烈參與的態度，消極的人則採取冷靜旁觀的態度，中庸的人則採折衷態度。不過本題既已強調「面對人生種種事物」的態度，大談人生觀而不及於處世態度，就嫌不足。部分考生甚至大談國內政治或社會議題（如總統選舉、陳進興案件、黑道問題），提出看法，就算大大離題了。不過，從另一個角度來看，命題的先生可能忽略了這些多數是十八、九歲的年輕學生面對的人生種種事物其實都相當有限，很難具體地說清楚人生態度，如果將題目中的「面對人生種種事物」縮小到「在學校生活中，面對校內事物，有人……」，或許更可以讓考生清楚掌握，好好發揮才是。

總體地看，我相當欣賞這次聯考非選擇題的命題方向與方式，這種命題方向在國內以考試取向作為教育取向的現況下，也具有扭轉語文教育的強大功效。語文教育的取向不應該是背誦的、強記的、因襲的，而應該是閱讀的、欣賞的、創造的，考試題目朝這個方向命題，在現存而難以扭轉的機制之中，可能是唯一具有改變現狀的力量。儘管聯考即將廢除，但考試這樣的評量制度看來依然會存在，通過試題命題方向扭轉語文教育方向，似乎也是改善或提升下一代語文能力的方法之一。我個人給予這次聯考的非選擇題命題極高的評價，也深切地期望，語文教育內容能在這樣的大趨勢下，從試卷命題到學習課本，從教學方式到教學內容，都能朝這個方向逐步調整。我期待有那麼一天，中學國文課本選錄的內容都與文學有關（古典現代西洋東洋的經典作品），排除掉政治的、道德的、訓誡的內容，並且鼓勵中學生閱讀當代文學作品與自主性（非命題式的）創作，則年輕一代的語文能力自必提升，國文考試也自然會是一種具有創意而又愉快的學習之旅。

——原刊《國文天地》，一九九九年十月

值得喝采的考題

——二〇〇二年大考國文閱卷有感

為大學入學考試中心學科能力測驗國文科閱卷，這是第二次。過去大學聯考存在的年代，也曾因為在大學任教，前後參加了四次國文科作文閱卷。大學聯考閱卷時間在夏初，大考學科測驗則在冬末，暑熱閱卷和寒冬閱卷，當然有不同的感覺，儘管聯考閱卷也在冷氣房中，無汗可揮，但心頭多少燥熱，作文考題從剛開始一題到後來兩題，考卷以「包」計，考生既多，負荷沉重，改個五、六天下來，眼睛都花了。學科能力測驗的閱卷負擔，與聯考相近，但閱卷時處寒假，寒天精神抖擻，思慮澄明，感覺就怡然自如多了。

近兩年來，學科能力測驗的題型日趨生活化、活潑化，尤其在非選擇題部分，出題的委員費盡心思出題，題目多半靠近考生生活，而且既新且酷，往往能令考生和像我們這樣已做了過河卒子的閱卷者眼睛「亮」了起來。像今年考三題，分別是圖表判讀、文章改寫與情境寫作。三題出題取向不盡相同，各有測驗考生語文應用能力的效果。

「圖表判讀」以傳染病X的發生率趨勢圖表，要考生歸納、分析，並條述其中傳達的訊息，就是一題可能讓考生慌了手腳的題目，如果考生只注重詩詞歌賦而缺少社會常識與歸納分析訓練的話，可能只好看圖「說故事」，把傳染病X當成愛滋或感冒病菌，謅出一個故事，寫出「要帶保險套」來作結。事實上，連一向習慣中文教學的閱卷老師，閱卷之初也有不易調適的狀況，足見此題的難度。

「文章改寫」，也是一奇，出題委員想必熟諳網路BBS上的E世代語法，「首度看到你，就被你煞得很慘」、「你在我心中音容宛在，害我臥薪嚐膽」、「我老媽看不下去，斥責我馬齒徒長、尸位素餐」……，諸如這類濫用、誤用、錯用的成語「傾巢而出」，「令人捧腹」，考生如果「習焉不察」、「目珠糊著屎」，保證「四腳朝天」、「唉呀我的媽」。閱卷場上傳出最多笑聲的也屬這題。要把一封被這類成語寫得教人「忍俊不住」的情書改寫得「文情並茂」，需要功力。這題有如成語地雷區，隨處佈滿語言陷阱，真難為了考生。

「情境寫作」則更屬奇招，以一老人的七天日誌為本，請考生體會老人心情，並限定須以其中一日日誌所記兩事（幼稚園老師帶小朋友遊戲、外傭推老人排排坐）為基礎，以老人口吻鋪寫完整文章。這個題目出得相當可取，既測驗考生閱讀能力，歸納、整合故事的能力，也能讓他們表現寫作水準。遺憾的是，不少考生可能緊張過度，沒有詳讀注意事項，要不是從第一天依序寫起，要不就是忘了「幼稚園老師」和「外傭」的存在，影響得分不少；至於大談老人福利與安養的論說文，那就抱歉了。

幾天閱卷下來，腦海裡盡是四字成語、老人心緒，還有年輕考生發呆、答卷的可能神色。長年寫作的我，自問面對這些題目，以有限的時間書寫，怕也好不到哪裡去，何況十八、九歲的高中生？閱讀與書寫對多數人是兩回事，在考生則屬一體，他們既是讀者，又得是作者，在時間與分數壓力下完成讀寫，委實不易；但若能因此讓高中國文教育更加生活化、讓青年學生更靠近現代文學，這樣的考題走向當然值得喝采。

——原刊《聯合報》副刊，二〇〇二年七月

附錄五：

「鏡內底的囝仔」與「鏡外口的大人」

——徐錦成專訪向陽談兒童文學❶

日期：二〇〇〇年五月五日一二：一五～一四：三〇

地點：臺中沙鹿靜宜大學校門口附近餐廳

許多人知道向陽是詩人、作家、政論家、新聞工作者，相形之下，知道向陽也寫過

❶徐錦成為青年作家、學者，訪問向陽時就讀於臺東師範學院兒童文學研究所碩士班，取得碩士學位，目前就讀於佛光人文社會學院文學研究所博士班，並兼任佛光人文社會學院大學部講師。這篇訪問稿列入「臺東師範學院兒童文學研究所」所長林文寶教授主持的「臺灣兒童文學指標人物」專案計畫，並發表於《兒童文學學刊》第七期（二〇〇二年五月）。

「兒童文學」的人並不多。然而，作為一個「兒童文學家」，向陽確實是無愧的。

向陽曾為孩子們寫過兩本故事集：《中國神話故事》（一九八三年八月，九歌）與《中國寓言故事》（一九八六年二月，九歌）；翻譯過一本日本少年科幻小說《達達的時光隧道》（一九九〇年四月，小天），一本日本兒童詩大師窗・道雄的詩集《大象的鼻子長》（一九九六年三月，時報）；寫過兩本兒童詩集，一本是臺語的《鏡內底的囝仔》（一九九六年九月，新學友），一本是國語的《我的夢夢見我在夢中作夢》（一九九七年四月，三民）。而他的第三本童詩集《春天的短歌》（臺語詩集）也將在近期內出版（編按：二〇〇二年二月，三民出版）。向陽的兒童文學作品，量雖不能稱多，但質絕對一流。其中《中國寓言故事》一書，更曾獲得「臺灣兒童文學一百」的入選肯定（二〇〇〇年三月）。

作為一個文學家，向陽曾經接受過多次訪問。然而，這麼一位優異的兒童文學作家，卻從未有人以「兒童文學」為主題對他進行專訪，這實在是一件令人——尤其是兒童文學研究者——遺憾的事。

二〇〇〇年五月五日，因緣俱足，筆者終於訪問到這位寫出許多傑出兒童文學作品的詩人，跟他談談「詩」、「文學」、「兒童文學」及「兒童文學研究」等話題。

一、踏入「兒童文學」的過程

——首先請老師談談投入兒童文學創作的過程。

——我從小喜歡聽故事、看故事、講故事。關於這一點，我在我第一本兒童文學作品《中國神話故事》的〈後記〉中曾有說明。可以再補充的就是，我婚後生了兩個女兒，會想是不是該為自己的女兒寫一點東西。但這不是我寫這本《中國神話故事》的動機。《中國神話故事》與《中國寓言故事》都是因為我工作上的需要才寫出來的。當然我原來就喜歡說故事的心情還是沒變。但這兩本書基本上都是改編、改寫，不是我的原創。我把它們當作是為臺灣的小朋友而做的工作，希望我的改寫能讓小朋友親近這些故事。不過這還不是我最早的兒童文學經驗。最早其實是在《國語日報》「兒童版」，這個版每天都有一個故事。我記得那是我大學一年級的時候，記得有兩篇，其中一篇叫做〈送給媽媽的陽光〉，詳細的內容我記不太起來，只記得是寫一個小孩子喜歡玩，後來跑到野外去，看到很多美麗的蝴蝶、草原，然後一直跑，跑著跑著跌倒了，這時媽媽出現了，小孩子看到母親的眼睛裡有陽光、很亮。是這樣的一個故事。另外一篇是改寫楊喚的詩〈童話裡的王國〉，講的是「老鼠娶新娘」的故事。後來我主要寫現代詩，所以這類的兒童故事創作就停下來了。但是心裡面仍惦念著，希望有一天能再做一些兒童故事或兒童文學的創作，當然也包括兒童詩。

——老師這兩篇早期的兒童文學創作是否有留下來？

——在我家裡，在溪頭。不過我逢年過節才會回去，看來這兩篇東西很難找到了。

——這兩篇故事將來可能結集嗎？如果可能，還會寫這類故事嗎？

——結集出版似乎不太可能，因為只有兩篇。再說那是十八歲的東西，算是習作，現在看來也不一定會滿意。如果找到，我會考慮看看放在網站上。我想林良先生可能記得這些事。當時他是《國語日報》的主編，我是用本名林淇瀁或筆名「羊笳」發表，名字特別怪，所以他應該記得。其實我國中或高中時也投稿過《國語日報》，不過那些東西都不易找到了。

二、工作與「兒童文學」

——您在大學授課，是否有開「兒童文學」這門課？或者，您有過這方面的授課經驗嗎？

——沒有。我完全沒有「兒童文學」的授課經驗。

——您過去的經歷，譬如新聞工作，對您的兒童文學創作有任何影響嗎？

——沒有。我想我把工作跟寫作分得很清楚。我過去主編過《自立晚報》的副刊，但也很少刊登兒童文學的作品。倒是我出的《中國神話故事》與《中國寓言故事》這兩本書，都跟我在《時報周刊》的工作經驗有關。那個年代的《時報周刊》有個「家庭生活別冊」，在那裡有兒童文學的版面，我甚至在那裡主持過一個教小朋友寫詩的專欄，叫做「青青草原」。我記得我好像用「向陽叔叔」這個筆名，不過這些作品我也沒留下來。

——可是《時報周刊》的主要讀者並非兒童，為什麼會做兒童文學的版面呢？

——不能用今天的角度看。當時的《時報周刊》，確實有一些婦女或兒童的讀者，所以才會另外做一本別冊。兒童文學的東西，都刊登在那本別冊裡。我的《中國神話故事》系列，都是在那裡發表的。

三、詩與「兒童詩」

——老師您相信「靈感」這種東西嗎？您創作兒童文學時，靈感何來呢？

——我年輕的時候相信「靈感」，不過現在不相信了。當然我寫作兒童文學的心情，一定跟兒童有關，但那不能稱做「靈感」。譬如我想為我的女兒寫東西，這是一種「動力」，但不是「靈感」。當然寫的時候因為心中有孩子，所以會避免晦澀，希望用孩子懂的語言來寫作。

——所以老師對於「為成人寫作」跟「為兒童寫作」分得很清楚囉？

——對！一定要分清楚！我寫給成人看的東西跟寫給小孩看的東西，方法上並不一樣。

——可是我覺得老師的一些「成人詩」，譬如〈阿爹的飯包〉，給兒童來讀絕對適合。

——對！但是我寫〈阿爹的飯包〉時，只是想寫詩，沒想過是為孩子寫。寫完之後，有人認為它適合孩子，這不是不可能的事。反過來說，我也有一些「兒童詩」適合給大人看，但這都是讀者的事，不是創作者能決定的、或該決定的。我自己覺得我的《土地的歌》那本詩集裡，「家譜」的那一部分，不管「血親篇」或「姻親篇」，全部都適合給孩子看。我曾經朗誦〈阿爹的飯包〉跟〈搬布袋戲的姐夫〉給孩子聽，他們都聽得快快樂樂。我一九八六年應新加坡政府之邀，參加他們的「藝術週」活動，在他們的小學裡，我就朗誦這幾首詩，小孩子都聽得懂，會跟著笑。可是我寫的時候，沒有想過這些詩適不適合小孩。我寫這些詩的時候，是想寫「臺語詩」，寫「臺灣話」的詩。

——有沒有詩評家評論過您的《鏡內底的囝仔》？

——沒有！只有《中國時報》「開卷版」曾經推薦過，是路寒袖寫的，不過那很短。

——《鏡內底的囝仔》這本書，您認為納入您的臺語詩體系來探討較適合，或者納入您的兒童文學作品體系來探討較適合？

——因為它一開始就被認為是「兒童文學」，所以大家應該還是會認為它是兒童文學吧！不過這些詩確實也是我有意識「為孩子寫」的。說實話，當初是「新學友」的編輯來約稿，我才會構想這一組詩。

——我可不可以說：因為您想要「為孩子寫詩」，而且寫的是「臺語詩」，反而開創了您「臺語詩」的一項成就。我覺得您的臺語兒童詩，比您的國語兒童詩好太多了。

——（微笑）是。這樣說沒錯。我寫「臺語詩」，基本上有很濃重的目的性。我認為臺語是很優雅的語言，但是過去長久以來，臺語被認為是粗俗的。所以我大學時開始寫《土地的歌》時，我就想表現它的文雅。《鏡內底的囝仔》雖然是編輯約稿才寫的，但也有同樣的心態。其實當初我也進過錄音間朗誦這一組詩，因為出版社希望出書時能附錄音帶，但後來他們又改變主意，變成只出書，錄音帶就沒問世了。我不只是想「為孩子寫詩」，也想把臺語的美表現出來給孩子認識。後來沒出錄音帶，只有書，雖然書上有注音，但那注音只是約略的相似，不是標準的。國語的注音符號無法表現臺語，這大家都知道。

——最近出版的《向陽詩選》（洪範版），為何未收錄兒童詩？

——也許有一天，會有一本《向陽童詩選》吧！

——可見在您心中，將兒童詩與成人詩分得很清楚？

——本來就應該分清楚，因為對象不同。至少就寫作者來講，對象不同。兒童文學有它的「目的性」，在這種情況下，寫作者寫兒童文學，一定會對原本自己的寫作風格或習慣作調整。這是必然的情形。除非寫作者本來就習慣用淺白的語言，那他就無須作太多轉化。我自己用淺白的語言寫臺語詩，你說適合給兒童看，大概就是這種情形。不過那不是我寫作常見的風格。而我寫這些臺語詩，也暗藏文化或政治上的意含，譬如〈搬布袋戲的姐夫〉就有「東南派」、「西北派」，其實講的就是政治上的鬥爭。我特地用兒童的眼光看成人的世界，目的還是為了諷刺成人。

——但兒童可能無法領略到這一層涵義。

——對。兒童沒辦法領略，他只能領略到它的趣味性而已。那是這首詩的第一層涵義。通常我寫詩，最少都要具備到三層涵義我才會滿意，只有一、兩層涵義的詩我會丟掉。所謂三層涵義，是指不懂詩的人能看到第一層，懂一點的能看到第二層，而專家能看到第三層。如果第三層也能表現成功，才算是一首好詩。我也才會發表。但兒童詩不必這樣。兒童詩有時候只要作到第二層，甚至只要第一層做得好，就算成功了。

——第一層只要作到了，就成功了一半？

——是。但只作到第一層還不能說好。像你看過我國語的兒童詩，就知道有些詩我只作到第一層。把一個心境表現出來，如此而已。

——老師分得這麼清楚，我覺得這很難得。許多為兒童寫詩的詩人，如果沒有寫成人詩的經驗，可能沒辦法把自己的詩分得那麼細，或知道有哪些層次。

——不過多半的兒童詩人都有寫成人詩的經驗，像林煥彰、謝武彰，都是寫現代詩的。給孩子看，第一層讓他感覺有趣是最重要、也是最起碼的。不要太嚴肅。除了趣味性，還應該要有想像，這就是第二層次了。第三層就是要讓他讀了有所啟發，這一層次是最難的，是智慧的部分、思想的部分。

——恕我直言，我認為您的國語兒童詩《我的夢夢見我在夢中作夢》只是您寫兒童詩的「習作」。而且，這本詩集的插畫太「搶戲」了。

——那倒沒有關係。

——《我的夢夢見我在夢中作夢》的圖畫繪者是陳璐茜小姐。她在作畫的過程中，您們有過任何溝通嗎？

——完全沒有。都是出版社在處理。我交了稿子就不過問了。

——對這些插畫，您的看法如何？

——我沒有意見。因為我寫詩，我會看重自己詩的表現。小孩子讀詩，有可能是被圖所吸引，或許根本也不太看我的詩。但這也沒關係。

——如果將來您有機會自己主導出一本兒童詩集，您會考慮放插圖嗎？

——會。我會放圖，但我會主導找人。我有一本《四季》，那裡面的插圖就是我跟畫家充分討論做出來的。那本書的插圖是周于棟，整體設計者是李蕭錕。那時第一版還用「手書」，也就是用我自己寫的手稿去印。

——那本書的成本相當高，有的是摺頁處理。

——可見你看的是「初版」。封面是「牛屎紙」，那是臺灣特有的紙。那時候出版社肯投資，做得很漂亮、精緻，而且有強烈風格，是藏書家可能珍愛的書。第一版兩千本一下子就賣完了。第二版他們嫌成本太高了，就改成一般的裝訂方式，取消摺頁，封面也改回一般的紙。事實上第一版的《四季》不但很有收藏價值，在臺灣的出版史上也是一本特殊的書。出版這一本書的「漢藝色研」，有了這本書的出版經驗後，開始大膽從事印製方面的開發，現在他們的書都做得很精緻，也有很多筆記書。應該跟這本《四季》的出版經驗有關。

——所以老師是認為，兒童詩集中的「插圖」確有必要？

——它是一個橋樑。小孩子需要這個橋樑。

——兒童詩中，有所謂「兒歌」跟「童詩」的區別，您認為呢？

——要區別。

——但是您的《鏡內底的囝仔》裡面，有很多首詩都像「兒歌」，甚至能拿來「繞口令」。您對這些詩作何解釋呢？

——我說「兒歌」和「童詩」要區別，但並不是說作者出書時要區別。像我《土地的歌》裡面，你會發現很多有押韻的，可以算作「歌」，但我還是把它們跟沒押韻的放在一起。有押韻的詩有人稱為「歌詩」，是可以唱的。不能唱的就是「詩」。兒童詩歌的情形也是這樣。所以有「兒歌」跟「童詩」的分別。但出書時不一定要把它們分開。出書是代表這些都是我同一時期寫出來的。再說，不管寫「兒歌」或寫「童詩」，都是為孩子寫「詩」。「詩」還是最後歸屬的文類。《詩經》也是從歌謠來的，就是這個道理。

──再問細一點，您在動筆之前，會考慮到它將是一首「兒歌」或「童詩」嗎？

──不會。我不會去區分它。我只是寫，寫著寫著發現它很自然都押著韻。那它就會變成一首「兒歌」。寫作者不必去區分，因為本質都是詩。研究或歸類時才要。

──問一個突兀的問題，有哪幾首是老師自認為得意或滿意的兒童詩，為什麼？

──《鏡內底的囝仔》的每一首我都很得意。這些詩不但是兒童詩，也是很好的臺語詩，而且具有理論及思想的層次。語言上孩子聽得懂，但裡面呈現的議題，譬如「鏡內/鏡外」、「他人/自我」、「內在/外在」這樣的哲學議題，就是大人才能領會了。如果把它放在「臺灣兒童文學史」上，我希望它也能具有開創性。剛才說到童詩的三個層次，《鏡內底的囝仔》都具備了。

——這本《鏡內底的囝仔》我也很喜歡，我認為這本詩集最大的成就是它表現出臺語的美感。

——那是另外的問題，不在這三種層次裡。事實上我這一組詩還用了心理學的「鏡象理論」，當然小孩子不會懂，但如果他們熟讀，將來一定會有所領悟。

——但很可惜，這本書好像沒有多少人知道。因為它在套書裡面，一套一萬多塊，實在沒什麼人買得起。這本書將來可能零賣嗎？

——短期內不太可能，也許只有圖書館買得起這套書。這是出版社的策略，我也覺得很可惜。

——您的詩有很多首被譜曲傳唱，請問包括兒童詩嗎？

——沒有兒童詩。如果要算，只能說我的臺語詩，如〈阿爹的飯包〉、〈阿母的頭鬘〉，這幾首曾被簡上仁譜過曲，「滾石」出的，不過現在市面上可能沒有了。我的〈阿母的頭鬘〉總共有三個版本，曲是三個，詞也是三個，因為我會配合曲略改歌詞。第一個版本就是簡上仁的，他是用民歌的方式，有幾個地方他作曲時把我改了。第二版本是蕭泰然，他是國際有名的作曲家，他把它做成交響樂，用聲樂的方式唱，歌詞沒有改，完全照我的詩去譜曲。另外一個是簡文秀唱的，作曲家是張弘毅，這首歌我應簡文秀的要求，改了幾個地方。所以這首詩有三個版本，曲也有三個。這三首歌都有出版過，不過我放棄版稅沒拿。至於純粹兒童詩，沒有被譜成曲的。

四、翻譯與「兒童詩」

——老師您翻譯了窗．道雄的詩集《大象的鼻子長》。這對您的創作是否有影響？

——有，有啟發。其實我翻譯窗．道雄的詩作數量比成書之後來得多，但出版社認為太厚了，所以很多詩沒收進去。

——我注意到，老師您除了是譯者，同時也是選者。

——對，這在契約上就明白規定，我是中文版詩選的編選者，這是經過原作者同意的。事實上我翻譯完之後，都寄到日本給窗・道雄確認過。當然他大概也是另外找人幫他看，但所有譯出來的詩都是經過他同意的。不過很有趣的是，交涉過程一直都是出版社處理，我到現在還不認識他。

——不過老師還有機會吧，窗・道雄還活著。

——對，他還活著。有一次時報出版公司曾經打算請他來參加一個研討會，也打算介紹我跟窗・道雄認識，但這個活動後來取消。我覺得很遺憾。窗・道雄是一流的詩人。

——您選譯窗・道雄的詩，有沒有什麼選擇的標準？

——沒有。不過他寫臺灣的詩，我應該都有譯出來。他有一段長時間的「臺灣經驗」，這個對臺灣讀者有意思。其實翻這些詩的時候，我剛進博士班，忙得要命。很不容易才找空翻了一百四、五十首，不過最後收到書裡只有一百首。其他的譯詩我有留著，如有機會，我將來會把它們上網，甚至弄一個「窗・道雄」網站，專門放他的東西。

——您的詩有譯成外文的嗎？

——成人詩有，但兒童詩沒有。翻譯的語言很多，羅馬尼亞文、法文、德文、日文、韓文、英文都有。大部分是「詩選」。成冊的只有兩本，都是英文，一本是 "*My Cares*"，另一本是 "*The Four Seasons*"，也就是《四季》。"*My Cares*" 是我自己出的，當時我要到美國愛荷華訪問，所以把以前別人譯過我的詩收集起來印了這一本，主要是送給外國作家。另一本 "*The Four Seasons*" 的譯者叫陶忘機 (John J. S. Balcom)，他是專門研究臺灣現代文學跟現代詩的美國學者，比較文學博士，這本詩集是他在美國出版的，曾獲文建會補助。

五、童話、神話與寓言

——讓我們把話題轉開，談談童話吧！如您剛剛所說的，您最早創作兒童文學的經驗是兩篇童話，後來有再寫嗎？

——沒有，就是那兩篇。

——可能再寫童話嗎？或者再改寫一些故事？

——我不知道，我現在的生活，一方面要教書，一方面要寫博士論文，還寫詩跟政治評論。離童話越來越遠了。再說小孩子都長大了，寫故事的動力也減少了。

——在整本《中國神話故事》中，〈狗兒立大功〉是唯一有「作者贊」的一篇，您為什麼會那麼寫？

——那一篇的結局是狗跟人通婚，雖然說「神話」本來就是天馬行空，但我確實怕小朋友看了會誤會，所以才忍不住跳出來講話，叮嚀孩子這個故事不是真的。

——有沒有想再寫一些類似《中國神話故事》這樣的書？

——我曾經計畫寫過《臺灣神話故事》，以及改寫原住民的傳說。另外像臺灣的民間故事，如「白賊七」、「陳三五娘」，都是很好的題材。不過都只是計畫而已。

六、餘論

——我的問題其實已問得差不多了，但還有一些餘論。請問您，對於下一世紀的兒童文學，有沒有什麼特別的看法？

——應該不會有太大的差別吧。不過可能在「表現形式」上會更仰賴圖像。另外，過去兒童接觸文學主要是透過閱讀書本，或是仰賴父母親在枕邊說故事，以後可能他們接觸電腦、網路的機會會更多吧。而且電腦的傳播速度越來越快，兒童自己的創作要上網發表也不困難，互動性會加強，這都是將來可見的改變。兒童詩以後也會更重視圖像的搭配。

——我不是抬槓，但如果一本圖畫書，完全沒有文字，您會認為它還是文學嗎？

——那當然不能叫做文學。但稱之為「讀物」總可以吧。

——但所謂「繪本」，有人認為它是兒童文學的一種「文類」，我們兒童文學研究所也有一些討論繪本的論文出現，但有一些繪本確實沒有文字……

——繪本確實很受小朋友歡迎，但沒有文字就不應該稱之為「文學」。或者說，它就沒有機會被稱為「文學」。我剛剛說，以後的兒童文學的文跟圖的結合會愈來愈頻繁，但還是有「文」，不能只是「圖」而沒有「文」。「圖」是繪畫，應該是「美術」的研究。

——對一所兒童文學研究所，或一個兒童文學研究生，老師有沒有什麼話要講呢？

——我想，臺灣的兒童文學界，對臺東師院的兒童文學研究所都寄予厚望。我個人也認為，臺灣需要這個研究所。如果我們的兒童文學不趕快進入「學術研究」的層次，包括創作的研究、作者的研究、理論的研究等等，臺灣的兒童文學就會相形弱勢。所以，這所研究所對臺灣的兒童文學是一個正面的鼓勵和刺激。多多去發掘，通過論文與兒童文學理論建構，去建立一個真正可以代表兒童文學的理論出來。簡單地說，臺東師院的兒童文學研究所應該以作為「臺灣兒童文學的理論開創者」這樣的角色自期。

在訪問的過程中，向陽多次謙稱自己「不是兒童文學界的人」，但筆者以為，正因為向陽本身不在兒童文學界，更能客觀地觀察兒童文學界的種種。因此，他的意見，更值得兒童文學界的人重視。

即使沒寫過《鏡內底的囝仔》與《我的夢夢見我在夢中作夢》，向陽仍是臺灣當代一位傑出的詩人。但話說回來，幸虧向陽寫了兒童詩，我們才得以知道：原來這位詩人也如此童真。

——原來，詩心即是童心。

七、參考資料

〈思想是文學作品真正的價值——李瑞騰專訪向陽〉，李瑞騰、向陽，一九九三年四月，《文訊》九十期，頁八八—九二。

〈為臺灣兒童寫詩的驚喜——我的童詩創作之旅〉，向陽，一九九六年六月一日，《中華日報》副刊。

〈「中國寓言故事」介紹〉，蔡尚志，二〇〇〇年三月，《臺灣（一九四五—一九九八）兒童文學一百》，國立臺東師院兒童文學研究所，頁九五。

八、向陽兒童文學著作年表❷

《中國神話故事》，臺北，九歌出版社，一九八三年八月

《中國寓言故事》，臺北，九歌出版社，一九八六年二月

翻譯《達達的時光隧道》（科幻小說，日，龍尾洋一著），臺北，小天出版社，一九九〇年四月。

翻譯《大象的鼻子長》（童詩，日，窗・道雄著），臺北，時報出版公司，一九九六年三月。

《鏡內底的囝仔》（臺語童詩），臺北，新學友書局，一九九六年九月。

《我的夢夢見我在夢中作夢》（童詩），臺北，三民書局，一九九七年四月。

❷ 向陽的兒童文學著作，除徐文所列之外，新增：《春天的短歌》（童詩），臺北，三民書局，二〇〇二年二月；《記得茶鄉滿山野》（散文），臺北，遠流出版公司，二〇〇三年六月。

三民叢刊

文化／現代文學論述

244 現代人物與思潮　周質平 著

從民初民族主義澎湃的載道文學與林語堂性靈小品的對比，到美國九一一之後愛國主義與言論自由爭論的首尾起承，我們不妨藉由作者的眼光，重新審視現代中國在時代風潮的遞嬗下如何呈現思想上的轉變及在價值觀的多元開展，甚至對於自我定位有一番更深沉的思考。近代人物與思潮，將如繪歷現於您的面前。

238 文學的聲音　孫康宜 著

讀者至上的時代已經來臨！巴特的符號學宣稱，作者已經「死亡」，讀者的解讀才能算數；在知識日漸多元的現代，讀者已經成為最重要的文化主體。透過文本的細讀，博引國際漢學家的觀點，本書提供讀者以更廣泛的視野和客觀態度，深入追尋文學中千古不朽的迴響。

187 標題飆題　馬西屏 著

標題是報紙的門面、版面的化妝師。報禁開放後，一場「飆題」革命，在編輯檯上競逐，形成後現代的一種另類文學形式。本書為國內第一本專論標題的著作，以幽默曉暢的筆觸、奇趣橫生的示例和富瞻華實的資料，梳理出「飆題」的流變脈絡，也為近代報業發展變化作了見證。

150 **資訊爆炸的落塵——今日傳播與文化問題探討** 徐佳士 著

資訊時代來到之際，人類社會面臨傳播與文化的種種問題，今日資訊生產與傳散的驚人現象有如核彈爆炸一般，產生出人意表的「落塵」，不容忽視。此一文集的論題範圍頗廣，大部份都直接或間接討論今日一般探討資訊問題的人士所漠視的「落塵」現象，足以發人深省。

84 **文學札記** 黃國彬 著

本書放眼不同的時空，將詩、小說、文學評論都納入探討範圍，反覆論辯，暢談當前文學批評的隱憂、詩人的社會責任、文學的將來、華文文學的前途、詩人與政治的關係等問題。道人所未道，言人所未言，清新的觀點讓人耳目一新。

69 **嚴肅的遊戲——當代文藝訪談錄** 楊錦郁 著

作者深入當代作家的文學世界，探索作家的心靈脈動及其對應外在客觀現象的軌跡，鋪展而成豐饒的文學田野。全書緊扣文學本心，藉由文學大家的訪談實錄，令你有如與大師親自對話，激發出前所未有的火花，是一本值得推薦的文藝訪談錄。

24 **臺灣文學風貌** 李瑞騰 著

孤懸於外海，使得臺灣在不同的歷史階段，形成不同的政經結構以及社會文化形態，也發展出複雜豐碩的文學傳統。作者以中文為本，試圖理出臺灣文學與中文文學的相互關係，集合多年觀察研究之心得，完整呈現讀者面前。

科普文學

「科普三俠」將科學變得有「人味」了！

283 天人之際——生物人類學筆記　王道還 著

智人(Homo sapiens)的始祖，大約六百萬年前演化出來；與我們長相一模一樣的人，四萬年前出現；文明在五千年前發軔；許多人文價值，在過去一百年內才變成普世的。作者是生物人類學者，以不同的角度討論人文世界的起源、發展與展望，在他筆下，人類的自然史成為思索人文意義的重要線索。

280 另一種鼓聲——科學筆記　高涌泉 著

你曾在求學過程中，對數理學科感到挫敗嗎？別氣餒！不妨瞧瞧一位喜歡電影與棒球的物理學者筆下的牛頓、愛因斯坦、波爾、海森堡、費曼、納許……，是如何發現他們偉大的創見！這些有趣的故事，可是連作者在科學界的同事，也會覺得新鮮有趣的咧！

275 科學讀書人——一個生理學家的筆記　潘震澤 著

「科學」如何能貼近日常生活呢？這正是身為生理學家的作者所在意的！透過他淺顯的行文，我們不僅能了解愛、作夢、壓力、癮，甚至是宿便……等生理現象或行為表現，得以一窺人體生命的奧祕，還將看到幾位科學家之間的心結，以及一些藥物或疫苗的發明經過。

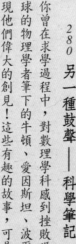

國家圖書館出版品預行編目資料

浮世星空新故鄉:臺灣文學傳播議題析論／向陽著.－－初版一刷.－－臺北市：三民，2004
面；　公分－－(三民叢刊:276)

ISBN 957-14-3963-0 (平裝)

1. 臺灣文學－評論

820.7　　92024059

網路書店位址 http : // www. sanmin. com. tw

著作人　向　陽
發行人　劉振強
著作財產權人　三民書局股份有限公司
臺北市復興北路386號
發行所　三民書局股份有限公司
地址／臺北市復興北路386號
電話／(02)25006600
郵撥／0009998-5
印刷所　三民書局股份有限公司
門市部　復北店／臺北市復興北路386號
重南店／臺北市重慶南路一段61號
初版一刷　2004年1月
編　號　S 811170
基本定價　參　元
行政院新聞局登記證局版臺業字第○二○○號

ISBN 957-14-3963-0 (平裝)

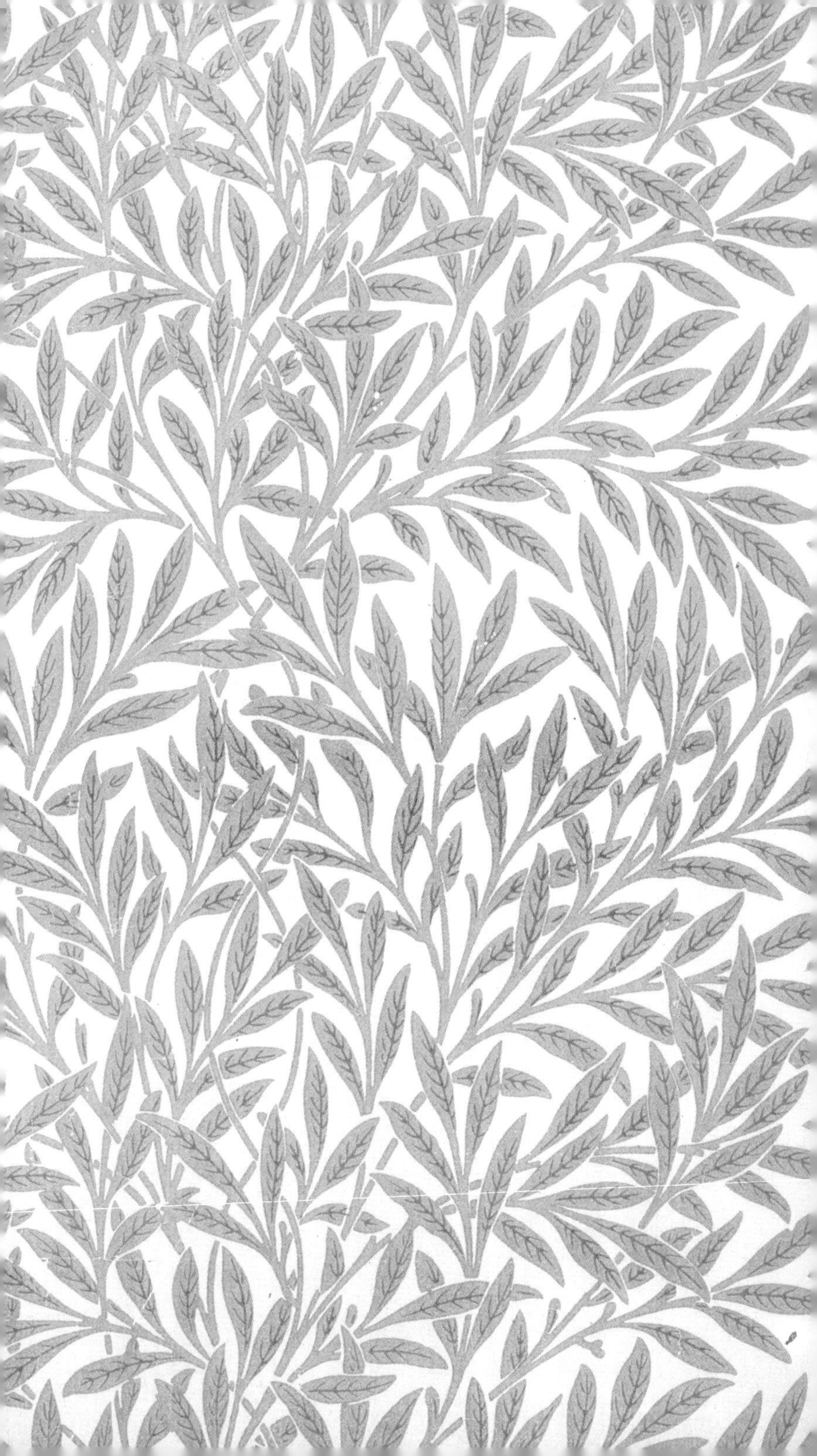